KB114594

내 귀에 해설이 들려

내 귀에 해설이 들려 12

설경구 현대 판타지 소설

초판 1쇄 찍은 날 § 2021년 3월 18일
초판 1쇄 펴낸 날 § 2021년 3월 25일

지은이 § 설경구
펴낸이 § 서경석

총괄팀장 § 노종아
편집책임 § 강서희
디자인 § 소소연

펴낸곳 § 도서출판 청어람
등록번호 § 제387-1999-000006호
등록일자 § 1999. 5. 31
어람번호 § 제1-3127호

주소 § 경기도 부천시 부일로 483번길 40 서경B/D 3F (우) 14640
전화 § 032-656-4452 팩스 § 032-656-4453
http://www.chungeoram.com
E-mail § chungeorambook@daum.net

ISBN 979-11-04-92330-2 04810
ISBN 979-11-04-92190-2 (세트)

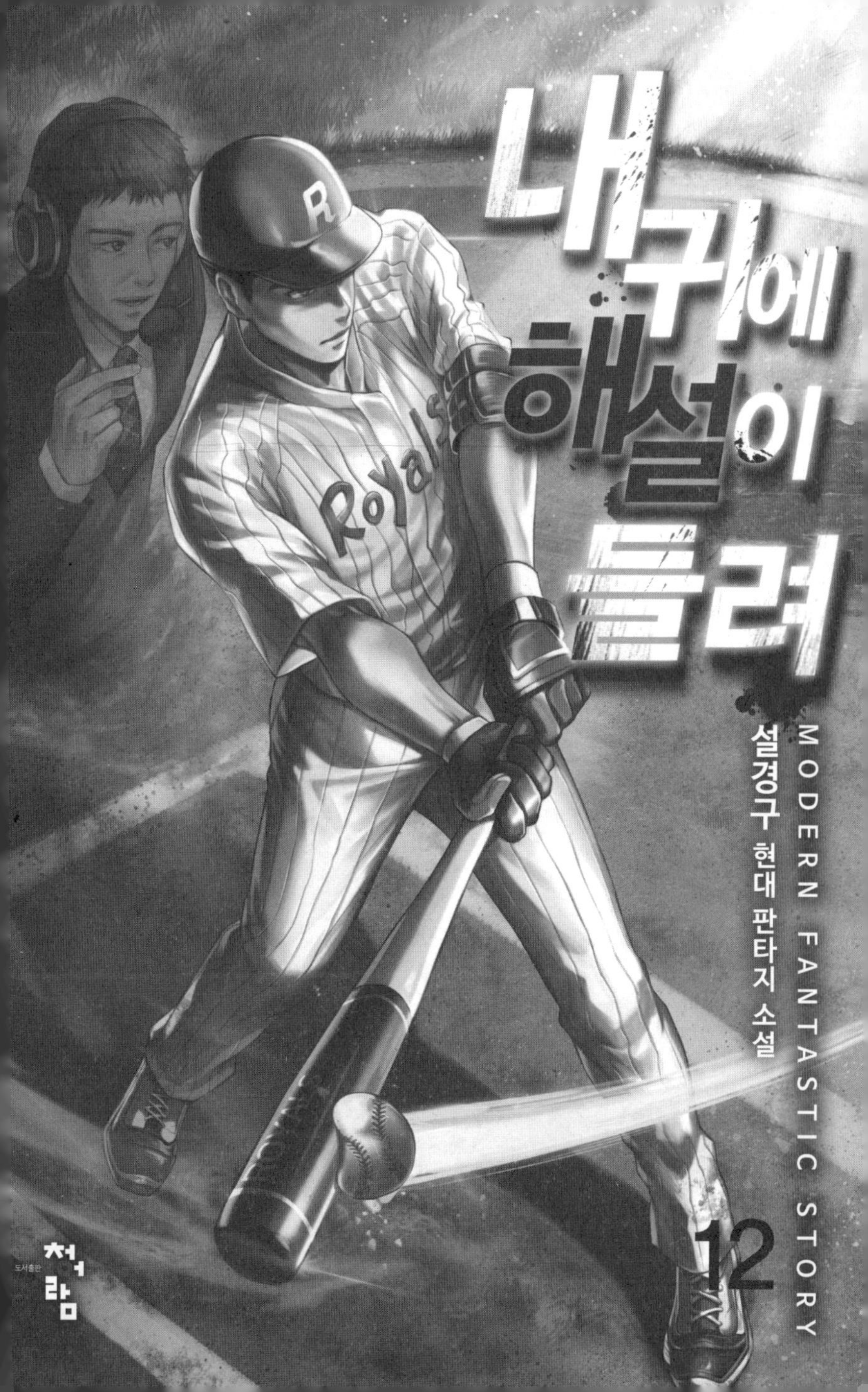
내 귀에 해설이 들려
설경구 현대 판타지 소설
MODERN FANTASTIC STORY
12
Royals
도서출판 청람

내 귀에 해설이 들려

목차

제1장

박건이 여전히 불안한 시선으로 로이 헨드릭스를 바라보았다.

6회 말 무사 1, 2루 상황에서 팀의 세 번째 투수로 마운드에 오른 로이 헨드릭스의 첫 상대는 뉴욕 메츠의 6번 타자 제프 맥나일이었다.

슈아악.

로이 헨드릭스가 제프 맥나일을 상대로 던진 초구는 몸쪽 직구였다.

'너무 위험하지 않을까?'

제프 맥나일은 장타력을 갖춘 타자.

그래서 몸쪽 직구를 초구로 구사한 로이 헨드릭스의 선택에 박건이 우려를 드러낸 것이었다.

"스트라이크."

"후우."

잠시 후, 박건이 안도의 한숨을 내쉬었다.

로이 헨드릭스가 초구로 과감한 몸쪽 직구를 던질 것이라고는 예상치 못했기 때문일까.

제프 맥나일은 타석에서 그냥 지켜보기만 했다. 그리고 제프 맥나일이 스윙을 가져가지 않은 덕분에 로이 헨드릭스가 초구로 구사한 몸쪽 직구는 스트라이크 판정을 받았다.

이어진 2구째 역시 직구 승부.

슈아악.

초구와 다른 점은 바깥쪽 꽉 찬 코스의 직구라는 점이었다.

"스트라이크."

바깥쪽 낮은 코스의 스트라이크존을 통과했다고 판단한 주심은 스트라이크를 선언했다.

노 볼 2스트라이크.

유리한 볼카운트를 선점한 로이 헨드릭스는 포수에게서 공을 돌려받은 후, 머뭇거리지 않고 투구 동작에 돌입했다.

슈악.

'또 몸쪽?'

로이 헨드릭스가 제프 맥나일을 상대로 3구째에 또 몸쪽 승부를 펼치는 것을 확인한 박건은 너무 위험하단 생각에 슬쩍 눈살을 찌푸렸다. 그리고 제프 맥나일도 이번에는 몸쪽 공을 놓치지 않았다.

딱.

제프 맥나일이 지체 없이 배트를 휘둘렀다.

그렇지만 정타가 되지는 못했다.

배트 하단에 맞은 땅볼타구는 2루수 앞으로 굴러갔고, 4—6—3으로 이어지는 병살플레이가 만들어졌다.

마이애미 말린스 입장에서는 최상의 결과.

반면 뉴욕 메츠 입장에서는 최악의 결과를 초래한 셈이었다.

자신의 타격이 마음에 들지 않아서일까.

퍽.

전력 질주를 펼쳤음에도 불구하고 1루에서 아웃된 제프 맥나일이 더그아웃으로 돌아가자마자 헬멧을 벗어 벽에 집어 던지는 모습이 보였다.

그 모습을 물끄러미 지켜보던 박건이 마운드 위에 서 있는 로이 헨드릭스에게로 고개를 돌렸다.

에디 라렌에서 로이 헨드릭스로.

마운드 위에 서 있는 투수가 바뀌었음에도 박건은 묘한 기시감을 느꼈다. 그리고 박건이 기시감을 느낀 이유는 두 투수의 성향이 비슷해서였다.

'공격적이야.'

2볼 노 스트라이크의 유리한 볼카운트를 선점하는 데 성공한 후, 에디 라렌과 로이 헨드릭스는 유인구를 던지지 않았다.

바로 타자와의 승부를 가져갔다.

그렇게 과감한 승부를 펼친 결과는 좋았다.

제프 맥나일을 상대로 더블플레이를 유도해 내는 데 성공했으니까.

"여기서 추가 실점을 허용하지 않는다면 역전 기회가 찾아올 수도 있다."

그때 이용운이 기대에 찬 목소리로 말했다. 그리고 로이 헨드릭스는 이용운의 기대를 저버리지 않았다.

슈악.

부우웅.

"스트라이크아웃."

로이 헨드릭스는 뉴욕 메츠의 7번 타자인 아사메드 로사리오를 삼구삼진으로 돌려세우며 실점 없이 이닝을 마무리했다.

*   *   *

7회 초 마이애미 말린스의 공격은 3번 타자 폴 바셋부터 시작이었다.

대기타석에 들어서 있던 박건이 여전히 마운드를 지키고 있는 제이콥 디그롬을 바라보고 있을 때였다.

"로이 헨드릭스는 최소 7회 말까지는 버텨낼 것이다. 만약 이번 공격에서 추가점을 올리는 데 성공해서 턱밑까지 추격한다면 뉴욕 메츠는 심리적으로 쫓기게 된다."

이용운이 확신에 찬 목소리로 말했다.

야구는 흐름과 분위기가 무척 중요한 법.

그의 주장처럼 마이애미 말린스가 이번 이닝에 추격하는 점수를 올리는 데 성공한다면, 경기의 분위기는 다시 바뀌게 될 것이었다. 그리고 넉 점 차로 앞서다가 턱밑까지 추격당한 뉴욕 메츠는 위축될 수밖에 없었다.

그렇지만 박건은 이용운의 이야기를 듣고 난 후 한 가지 의문을 품었다.

6회 말에 팀의 세 번째 투수로 등판했던 로이 헨드릭스가 최소 7회 말까지는 실점 없이 막아낼 것이라고 이용운이 확신에 찬 목소리로 말했던 부분이었다.

'로이 헨드릭스의 구위가 좋아서? 그게 아니면, 뉴욕 메츠 타선이 침체되어서?'

그에 대한 답을 찾지 못한 박건이 결국 이용운에게 질문을 던졌다.

"왜 로이 헨드릭스가 7회 말까지는 무실점으로 버틸 수 있다고 확신하시는 겁니까?"

"신인이기 때문이다."

"……?"

"뉴욕 메츠 타자들의 입장에서는 로이 헨드릭스가 무척 생소하거든."

'생소하다?'

이용운에게서 돌아온 대답을 들은 박건이 퍼뜩 떠올린 것은 청우 로열스 소속 선수 시절 앤서니 쉴즈와 벌였던 내기였다.

당시 박건은 마운드에 올라 앤서니 쉴즈를 삼구삼진으로 돌려세우고 내기의 승자가 됐었다.

내기 상금이었던 천 달러를 획득하고 우쭐해하던 박건에게 이용운은 내기에서 이기는 것이 당연하다고 말했었다. 그리고 박건이 앤서니 쉴즈에 비해 유리했던 이유를 이용운은 생소함이라고 밝혔었다.

"투수와 타자가 처음 만나서 상대하는 경우, 유리한 쪽은 투수다."

에디 라렌과 로이 헨드릭스도 마찬가지였다.

메이저리그 경험이 전무하다 해도 과언이 아닐 정도로 에디 라렌과 로이 헨드릭스는 철저하게 베일에 싸여 있는 신인 투수들이었다.

당연히 두 투수에 대한 분석이 제대로 이뤄지지 않은 상황.

뉴욕 메츠 타자들은 타석에서 에디 라렌과 로이 헨드릭스를 상대할 때 생소함을 느낄 수밖에 없었다.

타이론 게레로와 릭 로셀소.

경험이 풍부한 불펜투수들이 남아 있음에도 불구하고 조 매팅리 감독이 생짜 신인이나 다름없는 에디 라렌과 로이 헨드릭스를 오늘 경기 두 번째 투수와 세 번째 투수로 마운드에 올린 이유가 바로 이것이었다.

'요행을 바랐던 것이 아니었어.'

아까까지만 해도 박건은 조 매팅리 감독이 즉석 복권을 긁는 심정으로 에디 라렌과 로이 헨드릭스를 선택했다고 판단했었다.

그런데 오판이었다.

조 매팅리 감독 역시 마이애미 말린스의 연승 행진이 이어지길 누구보다 바라고 있는 사람 중 한 명.

그는 고심에 고심을 거듭한 끝에 생소함이란 무기를 갖고 있는 에디 라렌과 로이 헨드릭스라는 카드들을 잇따라 꺼내 들었던 것이었다.

"오늘 경기를 통해서 조 매팅리 감독에 대한 내 평가가 바뀌었다. 배짱이 있는 편이야. 이런 상황에서 신인급 투수 두 명을 잇따라 마운드에 올리는 선택을 내릴 수 있는 감독은 많지 않거든."

그리고 비로소 아까 조 매팅리 감독에 대한 평가가 바뀌었다는 이용운의 이야기가 납득이 갔다.

'타순이 한 바퀴 돌 때까지는 먹힌다.'

최소한 타순이 한 바퀴 돌 때까지는 로이 헨드릭스가 뉴욕 메츠 타자들에 비해서 유리하다고 판단했던 박건이 이내 표정을 굳혔다.

'그런데… 에디 라렌은?'

6회 말 수비에서 에디 라렌이 뉴욕 메츠의 중심타선에 연속 안타를 허용하면서 강판당했던 것이 떠올라서였다.

로이 헨드릭스와 엇비슷한 조건.

그러나 에디 라렌은 뉴욕 메츠 타선이 한 바퀴 돌 때까지 마운드 위에서 버티지 못했다.

1과 2/3이닝 동안 무실점으로 버틴 후에 연속안타를 허용하고 강판당했다. 그리고 로이 헨드릭스도 에디 라렌과 다르리란 법은 없었다.

해서 박건이 딱딱하게 표정을 굳혔을 때, 이용운은 마치 그런 박건의 의중을 읽은 것처럼 다시 입을 뗐다.

"다르다."

"……?"

"에디 라렌과 로이 헨드릭스는 다르다는 뜻이다."

'뭐가 다르지?'

박건이 의문을 품었을 때, 이용운이 답을 알려주었다.

"에디 라렌보다 로이 헨드릭스가 배짱이 두둑하거든."

　　　　*　　　　　　*　　　　　　*

'옳은 지적.'

박건이 이용운의 의견에 수긍했다.

긴장한 탓일까.

마운드에 올랐던 에디 라렌은 뜻대로 제구가 되지 않았다.

그래서 가운데로 몰리는 실투성 공이 자주 나왔고, 이것이 뉴욕 메츠의 중심타선에 포진한 타자들에게 연속안타를 허용하며 일찍 강판당했던 이유였다.

반면 로이 헨드릭스는 제구가 잘되는 편이었다.

몸쪽과 바깥쪽 스트라이크존 구석구석을 자유자재로 공략하고 있었다.

'실투가 나오거나, 갑작스러운 제구 난조에만 빠지지 않는다면 최소 7회 말까지는 무실점으로 버텨줄 거야.'

박건의 생각이 거기까지 미쳤을 때였다.

슈악.

제이콥 디그롬이 폴 바셋을 상대로 초구를 던졌다.

따악.

폴 바셋이 제이콥 디그롬이 초구로 던진 슬라이더를 제대로 받아 쳤다.

탁. 탁.

짧은 바운드를 일으킨 땅볼타구가 투수의 곁을 빠르게 스치고 지나갔다.

그대로 외야로 빠져나갈 것 같았던 타구를 향해서 뉴욕 메츠의 유격수인 아사메드 로사리오가 슬라이딩캐치를 시도했다.

틱.

슬라이딩캐치를 시도하며 쭉 내밀었던 아사메드 로사리오의 글러브 끝에 맞고 타구의 방향이 굴절됐다.

타격을 한 후 전력 질주 해서 1루에 거의 도착했던 폴 바셋은 자신의 타구가 아사메드 로사리오의 글러브 끝에 맞고 굴절된 것을 확인하자마자 재빨리 타구 판단을 내리고 2루로 내달렸다.

중견수가 백업을 들어와서 굴절된 타구를 잡아낸 후 2루로 송구했지만, 폴 바셋은 이미 2루에 안착한 후였다.

"운이 따른다."

결과적으로는 단타가 될 타구가 장타로 바뀐 셈.

그래서 박건이 속으로 운이 따른다고 생각하며 타석에 들어섰다.

지난 승부에서 자신에게 솔로홈런을 허용했던 기억이 강렬하게 남아 있기 때문일까.

제이콥 디그롬은 신중한 기색으로 승부를 준비하고 있었다.

박건이 제이콥 디그롬의 매서운 시선을 피하지 않고 마주 노려보면서 머릿속으로 빠르게 계산했다.

'안타 하나면 추격점을 올릴 수 있다. 그렇지만 여전히 역전은 하지 못한다. 후속 타자들을 믿을 수 없는 상황, 게다가 제이콥 디그롬의 뒤에는 잭 스튜어트와 브라이언 모란이 버티고 있다. 어쩌면 이번 찬스가 동점을 만들 수 있는 마지막 기회일 수도 있으니까 장타를 노려야 해.'

박건이 막 머릿속으로 계산을 마친 순간이었다.

"욕심내지 마라."

이용운은 박건이 욕심을 내고 있다는 사실을 정확히 간파한 후 충고했다. 그리고 그의 충고는 아직 끝이 아니었다.

"그리고 서두르지도 마라."

＊　　　　＊　　　　＊

"제이콥 디그롬의 뒤에 버티고 있는 잭 스튜어트와 브라이언 모란에게 신경이 쓰이는 거겠지? 물론 잭 스튜어트와 브라이언 모란은 이견의 여지가 없을 정도로 좋은 불펜투수들이다. 그렇지만 공략이 불가능할 정도는 아니다. 그들도 이런 상황에서는 압박감을 느끼는 건 마찬가지일 테니까."

이용운의 충고를 들은 박건이 천천히 고개를 끄덕였다.

아직은 7회 초.

타석에 들어설 기회가 최소 한 차례는 더 찾아올 것이었다.

지금은 이용운의 충고처럼 욕심을 낼 때가 아니었다.

우선은 추격점을 만들어서 잭 스튜어트와 브라이언 모란이 최대한 압박감을 느끼게 만들어야 할 때였다.

'욕심을 비우자.'

박건이 그 충고를 따르기로 결심한 채 제이콥 디그롬을 상대했다.

슈아악.

제이콥 디그롬의 초구는 바깥쪽 직구였다.

'좋은 공.'

바깥쪽 낮은 코스의 스트라이크존에 살짝 걸친 듯 보이는 직구였지만, 주심은 스트라이크 선언을 하지 않았다.

"볼."

주심은 조금 빠졌다고 판단한 듯 볼로 선언했다.

그런 주심의 볼 판정에도 제이콥 디그롬은 아쉬운 기색을 드러내지 않았다.

담담한 표정으로 다음 투구를 준비하고 있는 제이콥 디그롬을 확인한 박건이 타석에서 물러났다.

'어렵게 승부할 거야.'

1루가 비어 있는 상황.

뉴욕 메츠의 배터리도 자신의 최근 타격감이 절정이란 사실을 알고 있었다.

또, 자신의 뒤를 이어서 타석에 들어설 마이애미 말린스 후속 타자들의 타격감이 좋지 않다는 사실도 알고 있었다.

게다가 오늘 경기에서 이미 자신에게 솔로홈런을 허용했던 경험이 있는 제이콥 디그롬이기에 무척 신중하게 승부할 확률이 높았다.

'브레이킹볼 계열!'

대충 수 싸움을 마친 박건이 배트를 고쳐 쥐며 타격자세를 취했다.

슈악.

박건의 예상대로 제이콥 디그롬은 2구째에 브레이킹볼을 던졌다.

스트라이크존을 통과할 듯 보이다가 마지막 순간에 바깥쪽으로 휘어져 나가는 각이 예리한 슬라이더.

딱.

수 싸움이 적중했기에 박건이 망설이지 않고 스윙을 가져갔다.

배트 끝부분에 공이 맞는 순간, 둔탁한 타격음이 흘러나왔다.

그렇지만 팔로스윙을 끝까지 가져간 덕분에 타구는 점프캐치를 시도한 3루수의 키를 살짝 넘기며 페어 라인 안쪽에 떨어졌다.

타다닷.

2루 주자인 폴 바셋이 3루 베이스를 통과해서 홈으로 파고들었다.

'위험하지 않을까?'

비교적 얕은 안타였다.

해서 폴 바셋의 홈승부가 위험할 수도 있다고 우려했는데.

박건의 우려는 기우에 불과했다.

쐐애액.

헤드퍼스트슬라이딩을 감행한 폴 바셋은 비교적 여유 있게 홈베이스를 터치했다. 그리고 홈승부를 펼쳐서 폴 바셋을 아웃시키기에는 늦었다고 판단한 포수는 태그를 포기하고 앞으로 전진하면서 송구를 받았다.

홈승부가 펼쳐지는 사이 타자주자인 박건이 2루 베이스를 노리는 것을 방지하기 위해서였다.

그렇지만 포수는 2루로 송구하지 못했다.

포수의 움직임을 통해 의도를 간파한 박건이 1루로 귀루했기 때문이었다.

3—4.

박건의 적시타가 터지면서 또 한 점의 추격점이 나온 순간, 시티 필드가 적막에 휩싸였다.

*   *   *

'결국 교체하는군.'

박건의 1타점 적시타가 나온 순간, 미겔 카브레라 감독이 마운드로 올라왔다.

미겔 카브레라 감독에게 공을 건네고 마운드에서 내려가는 제이콥 디그롬의 표정에는 아쉬움이 가득했다.

잠시 후, 잭 스튜어트가 마운드로 올라왔다.

'7회는 잭 스튜어트, 8회는 브라이언 모란에게 맡긴다는 계산이야.'

박건이 마운드를 방문한 미겔 카브레라 감독의 투수 운용 계획에 대해서 예상하고 있을 때였다.

"너무 성급했다."

이용운이 입을 뗐다.

'적절한 투수 교체 타이밍이 아닌가?'

그 의견을 듣고서 박건이 고개를 갸웃했을 때, 이용운이 덧붙였다.

"제이콥 디그롬의 구위는 여전히 괜찮았다. 그에게 7회까지 맡기는 편이 더 나았는데 너무 서둘렀지."

"하지만……."

"제이콥 디그롬으로 계속 끌고 가다가 동점 내지 역전을 허용한다면 잭 스튜어트와 브라이언 모란을 마운드에 올리지 않았던 미겔 카브레라 감독의 투수 교체 타이밍에 대한 비난이 쏟아질 것이다. 그 사실을 잘 알고 있기 때문에 미겔 카브레라 감독은 서둘러 잭 스튜어트를 마운드에 올린 것이다."

'면피용 교체!'

박건은 이미 미겔 카브레라 감독을 경험했다.

해서 그의 치졸한 성향에 대해서 잘 알고 있었다. 그리고 박건이 알고 있는 미겔 카브레라 감독이라면 자신에게 쏟아질 비난을 줄이기 위해서 제이콥 디그롬을 빠르게 강판하고도 남을 거란 생각이 들었다.

'그래서 아쉬워했던 거야.'

아까 미겔 카브레라 감독에게 공을 건네고 마운드에서 내려가던 제이콥 디그롬의 아쉬워하던 표정이 비로소 이해가 간 순간이었다.

"미겔 카브레라 감독이 투수 교체를 서두른 데는 한 가지 이유가 더 있다. 오늘 경기마저 패하게 되면 뉴욕 메츠가 지구 최하위로 추락하기 때문이지."

이용운이 덧붙인 이유를 듣고서 천천히 고개를 끄덕이던 박건이 떠올린 것은 '경질'이란 단어였다.

"만약 이번 시리즈에서 마이애미 말린스가 스윕을 거둔다면 5위에서 4위로 올라설 수 있다. 반면 뉴욕 메츠는 지구 최하위로 추락하게 되지. 이 시점에 뉴욕 메츠가 지구 최하위로 떨어진다면 톰 힉스 구단주는 미겔 카브레라 감독을 경질할 확실한 명분을 손에 쥐게 된다. 그때는 진짜 미겔 카브레라 감독이 경질될 수도 있지."

미겔 카브레라 감독은 이미 톰 힉스 구단주의 신임을 잃은 상황.

만약 오늘 경기에서마저 패해서 뉴욕 메츠가 지구 최하위로 추락한다면 감독 경질의 명분으로는 차고 넘쳤다.

그 사실을 미겔 카브레라 감독이 모를 리 없었다.

자신의 감독직을 유지하기 위해서라도 미겔 카브레라 감독은 오늘 경기에서 꼭 승리를 거둬야 했고, 이것이 그가 초조함을 느끼는 이유였다.

슈악.

슈아악.

제이콥 디그롬의 뒤를 이어 뉴욕 메츠의 두 번째 투수로 마운드에 오른 잭 스튜어트가 연습 투구를 시작했다.

그가 연습 투구를 하는 모습을 지켜보던 박건이 타석에 들어서 있는 커티스 그랜더슨과 대기타석에 서 있는 브라이언 할리데이에게로 고개를 돌렸다.

'이번 이닝에 동점을 만드는 것이 최선인데.'

7회 초 공격에서 3-4로 추격하는 데 성공한 상황.

아직 마이애미 말린스의 득점 찬스는 끝난 것이 아니었다.

무사 1루의 득점 찬스가 이어지고 있었다.

그렇지만 마음에 걸리는 것은 후속 타자들의 타격감이 좋지 않다는 점이었다.

'커티스 그랜더슨과 브라이언 할리데이, 이안 카스트로를 믿어도 될까?'

잠시 후, 박건이 스스로에게 던졌던 질문에 대한 답을 찾아냈다.

'못 믿어.'

굳이 이용운에게 의견을 물을 필요도 없었다.

"저놈들을 믿고 있다가는 죽도 밥도 안 된다. 밥상을 다 차려놓아도 제 발로 걷어찰 놈들이거든."

이용운에게 의견을 구했다고 해도 아마 자신과 같은 결론을 내렸을 거라 판단한 박건이 크게 숨을 내쉬었다.

스윽.

투수 교체로 인해 잠시 중단됐던 경기가 재개된 순간 박건이 리드 폭을 늘렸다.

그 움직임을 간파한 이용운이 질문했다.

"혹시 도루를……."

그렇지만 박건은 이용운의 말이 끝날 때까지 기다리지 않았다.

그의 말이 끝나기도 전에 스타트를 끊었다.

타다닷.

슈악.

커티스 그랜더슨을 상대로 잭 스튜어트가 선택한 초구는 슬라이더였다.

"볼."

포수가 공을 포구하자마자 2루로 송구했다.

쉬이익.

그러나 바뀐 투수인 잭 스튜어트가 마운드에 올라서 첫 번째 공을 던질 때 도루를 시도한 박건의 과감한 선택은 뉴욕 메츠 배터리의 허를 찌르기에 충분했다

당황한 탓일까.

너무 서둘렀던 후안 레이에스의 송구는 높았다.

'세이프.'

송구의 타이밍을 확인한 박건이 세이프가 될 거라 확신하며 헤드퍼스트슬라이딩을 막 시도하려 했을 때였다.

"슬라이딩하지 마."

이용운이 급히 소리쳤다.

'왜?'

그 외침을 듣고 의아함이 깃들었지만, 박건은 그 의아함을 가슴속에 묻었다.

이용운이 슬라이딩을 하지 말라는 지시를 내린 데는 분명 어떤 이유가 있을 거란 믿음이 있어서였다.

'높다.'

그제야 고개를 돌렸던 박건의 눈에 포수인 후안 레이에스가

던진 송구가 높게 형성된 것이 들어왔다.

그게 다가 아니었다.

송구를 한 후 망연자실한 표정을 짓고 있는 후안 레이예스의 모습도 보였다.

"3루까지 노려라."

그때, 이용운이 지시했다.

2루수가 점프하며 글러브를 들어 올렸지만, 후안 레이예스의 높은 송구를 잡아내기에는 역부족이었다.

이용운이 지시대로 슬라이딩을 시도하지 않았던 박건이 2루 베이스를 통과한 후 달리던 속도를 끌어올렸다.

"세이프."

중견수가 백업을 들어온 타이밍도 늦은 상황.

3루에서 세이프 선언을 받은 박건이 쾌재를 불렀다.

도루 성공에 이은 수비 실책이 나오면서 무사 1루였던 상황이 무사 3루로 바뀌었기 때문이었다.

'이제 깊숙한 외야플라이만 나와도 동점을 만들 수 있다.'

무사 1루 상황일 때보다 득점 확률이 훨씬 높아진 상황.

그래서 박건이 커티스 그랜더슨에게 기대에 찬 시선을 던졌다.

하지만 잭 스튜어트는 경험이 풍부한 노련한 투수답게 당황하지 않았다.

슈아악.

슈아악.

커티스 그랜더슨의 의표를 찌르는 몸쪽과 바깥쪽 직구를 잇따라 구사하며 볼카운트를 유리하게 가져가는 데 성공했다.

1볼 2스트라이크.

유리한 볼카운트에서 잭 스튜어트가 4구째 공을 던졌다.

슈악.

바깥쪽 슬라이더가 홈플레이트를 통과하기 직전, 커티슨 그랜더슨의 배트가 돌아갔다.

딱.

둔탁한 타격음이 흘러나온 순간, 박건이 홈으로 파고들지 못하고 멈칫했다.

추가 실점을 허용하지 않기 위해서 뉴욕 메츠 내야진은 전진 수비를 펼치고 있는 상황.

유격수인 아사메드 로사리오의 앞으로 굴러가는 커티스 그랜더슨의 땅볼타구 때 홈으로 파고드는 것은 무리라고 판단했기 때문이었다.

'아웃카운트 하나를 허무하게 날렸다.'

그 땅볼타구를 확인한 박건이 아쉬운 기색을 감추지 못하고 드러내고 있다가 두 눈을 크게 떴다.

"어?"

아사메드 로사리오가 대시하며 내민 글러브 아래로 땅볼타구가 그대로 지나가 버렸기 때문이었다.

'수비 실책.'

아사메드 로사리오가 치명적인 수비 실책을 범한 것을 확인한 박건이 여유 있게 홈으로 파고들었다.

4—4.

예상치 못했던 순간, 뉴욕 메츠 유격수 아사메드 로사리오의 결정적인 수비 실책이 나오면서 마이애미 말린스는 마침내 동점을 만들어내는 데 성공했다.

*   *   *

"뭐야?"

미겔 카브레라가 참지 못하고 감독석에서 벌떡 일어났다.

잭 스튜어트의 슬라이더를 공략한 커티스 그랜더슨의 타구.

평범하기 짝이 없는 내야땅볼이었다.

무사 3루 상황에서 추가 실점을 허용하는 것을 막기 위해서 내야수들에게 전진수비를 지시했던 상황.

그러니 타구를 처리하는 과정에서 급할 것이 전혀 없었다.

둔탁한 타격음이 흘러나온 순간 스타트를 끊었던 3루 주자 박건이 홈으로 파고드는 것을 포기하고 3루로 귀루했던 것이 서두를 필요가 없었다는 증거였다.

그렇지만 유격수 아사메드 로사리오는 너무 서둘렀다.

원래 수비위치에서 타구가 도착할 때까지 기다려도 충분했음에도 불구하고 타구를 처리하기 위해서 전진했다. 그리고 뭔가에 쫓기는 사람처럼 조급했던 아사메드 로사리오의 어설픈 수비는 최악의 결과로 이어졌다.

바운드 타이밍을 제대로 맞추지 못한 아사메드 로사리오의 글러브 아래로 타구가 빠져나가 버렸기 때문이었다.

그사이 3루로 귀루했던 박건이 다시 홈으로 파고들면서 스코어는 4—4, 동점으로 바뀌었다.

"Fuck!"

어이없는 수비 실책으로 인해 동점을 허용한 순간, 미겔 카브레라가 참지 못하고 분노를 표출했다.

"대체… 왜 저래?"

전진수비를 펼치고 있었던 상황인 데다가, 타자주자인 커티스 그랜더슨은 발이 빠른 편이 아니었다.

아무리 이해해 보려고 해도 유격수 아사메드 로사리오가 수비 과정에서 서두른 이유를 파악할 수가 없었다.

해서 답답한 표정을 짓고 있던 미겔 카브레라가 치밀어 오르는 화를 애써 누르며 다시 감독석에 앉았다.

"아직… 안 끝났어."

아사메드 로사리오가 치명적인 수비 실책을 저지른 탓에 줄곧 앞서가고 있던 경기의 균형추가 맞춰지고 말았다.

그러나 아직 경기에서 패한 것은 아니었다.

뉴욕 메츠에게는 아직 3이닝의 공격 기회가 남아 있었다. 그리고 동점 상황에서 불펜 싸움으로 경기가 진행됐을 때, 유리한 것은 마이애미 말린스가 아니라 뉴욕 메츠였다.

트레이드를 통해 잭 스튜어트와 브라이언 모란이 합류한 뉴욕 메츠 불펜진의 뎁스가 더 깊다는 것은 부인할 수 없는 사실이었으니까.

"당황할 것 없어."

스스로를 위로하듯 혼잣말을 꺼낸 미겔 카브레라가 애써 침착한 표정을 짓기 위해 애썼다.

짝짝.

그런 미겔 카브레라가 불안감을 밀어내기 위해 노력하며 박수를 보내서 그라운드 위에 서 있는 뉴욕 메츠 선수들을 독려했다.

*　　　　*　　　　*

7회 초 공격에서 마이애미 말린스는 2득점을 올리며 결국 동점을 만들어내는 데 성공했다.

그럼에도 불구하고 마이애미 말린스의 7회 초 공격이 끝났을 때, 박건은 못내 아쉬움을 느꼈다.

줄곧 끌려가던 경기의 동점을 만든 상황.

게다가 뉴욕 메츠는 수비 실책을 잇따라 범하면서 크게 흔들리고 있었다.

즉, 경기의 분위기가 마이애미 말린스 쪽으로 넘어온 셈이었다.

그래서 동점을 만든 후에도 이어진 무사 1루의 찬스에서 마이애미 말린스가 추가득점을 올릴 수 있지 않을까?

내심 이렇게 기대했었는데.

아쉽게도 경기는 박건의 기대처럼 흘러가지 않았다.

오늘 경기 6번 타자로 출전한 브라이언 할리데이는 잭 스튜어트에게 삼진을 당하며 진루타를 때려내지 못했다. 그리고 7번 타자로 출전한 이안 카스트로가 4—6—3으로 이어지는 병살타를 기록하며 마이애미 말린스의 7회 초 공격은 추가득점을 올리지 못한 채 종료됐다.

이어진 7회 말 뉴욕 메츠의 공격.

마운드는 여전히 로이 헨드릭스가 지키고 있었다.

선두타자는 8번 타자 후안 레이예스.

7회 초 수비에서 박건이 도루 시도를 했을 때, 후안 레이예스는 송구 과정에서 실책을 범했다.

그사이 2루 도루를 시도했던 1루 주자 박건은 3루까지 도착했다. 그리고 결과적으로 후안 레이예스의 송구 실책은 동점을 허용하는 빌미가 됐었다.

자신이 범했던 송구 실책을 타격으로 만회하겠다는 각오를 갖고 타석에 들어서 있는 후안 레이예스의 표정은 무척 비장했다.

슈악.

딱.

그러나 몸에 너무 힘이 들어간 탓에 로이 헨드릭스의 4구째 슬라이더를 당겨 친 후안 레이예스의 타격은 정타가 되지 못했다.

배트 끝부분에 걸린 내야땅볼은 3루수 앞으로 굴러갔다.

'됐다.'

로이 헨드릭스가 7회 말 수비에서 첫 상대 타자를 손쉽게 잡아냈다고 판단한 박건이 안도했을 때였다.

쉬익.

3루수인 닐 워커가 1루로 던진 송구가 짧았다.

탁.

원바운드를 일으킨 송구를 1루수 이안 카스트로가 글러브를 쭉 뻗으며 잡아내기 위해 시도했다.

그러나 이안 카스트로는 송구를 한 번에 잡아내지 못하고 바닥에 떨어뜨렸다.

그사이, 후안 레이예스가 1루 베이스를 통과했다.

"세이프."

수비 실책으로 인해 7회 말의 선두타자인 후안 레이예스가 출루에 성공한 순간, 박건이 눈살을 찌푸렸다.

흐름이 좋지 않다는 불안감이 깃들었기 때문이었다.

그런 박건의 우려대로였다.

미겔 카브레라 감독은 무사 1루의 찬스가 찾아오자 잭 스튜어트 대신 요하임 세스페데스를 대타자로 기용했다. 그리고 대타자 요하임 세스페데스는 미겔 카브레라 감독의 기대에 부응했다.

슈악.

따악.

로이 헨드릭스의 3구째 커브를 노려 쳐서 중전안타를 터뜨렸다.

무사 1, 2루.

다시 위기가 찾아온 순간, 박건이 표정을 굳혔다.

'흔들린다.'

조금 전 요하임 세스페데스가 중전안타를 만들어냈던 로이 헨드릭스의 커브는 가운데 높은 코스에 형성된 실투였다.

팀의 세 번째 투수로 마운드에 오른 후 홈플레이트 구석구석을 찌르는 빼어난 제구를 선보이던 로이 헨드릭스가 오늘 경기에서 던진 첫 번째 실투.

그리고 로이 헨드릭스가 요하임 세스페데스를 상대하는 과정에서 실투를 던진 이유는 짐작이 갔다.

닐 워커가 송구 실책으로 후안 레이예스를 출루시킨 것이 로이 헨드릭스의 멘탈에 영향을 미친 것이었다.

'이것이 신인의 한계. 여기까지.'

생소함은 분명히 로이 헨드릭스의 무기였다.

그렇지만 신인은 약점이 명확했다.

수비 실책이 나오자 바로 멘탈이 흔들렸다.

이런 로이 헨드릭스에게 더 마운드를 맡기는 것은 무리란 생각이 들었다. 그래서 박건이 더그아웃 쪽을 살폈지만, 조 매팅리 감독은 일어서지 않았다.

마치 관중처럼 느긋하게 감독석에 앉아 있는 조 매팅리 감독의 모습을 확인한 박건이 답답함과 초조함을 동시에 느꼈을 때였다.

"안 나오는 걸까? 못 나오는 걸까?"

이용운이 혼잣말 같은 이야기를 꺼낸 후 한마디를 덧붙였다.

"어느 쪽이든… 나쁘지 않다."

제2장

'승부처!'

요하임、세스페데스의 안타가 터지며 무사 1, 2루의 득점 찬스가 찾아온 순간, 미겔 카브레라가 초조함을 이기지 못하고 벌떡 일어났다.

'바꾸려나?'

마이애미 말린스의 세 번째 투수인 로이 헨드릭스는 신인 투수임에도 불구하고 배짱이 두둑한 편이었다.

박빙의 승부가 이어지고 있음에도 마운드에서 제구가 흔들리지 않고 자신 있게 자기 공을 던진다는 것이 로이 헨드릭스의 배짱이 두둑하단 증거였다.

그러나 조금 전에 로이 헨드릭스는 신인의 한계를 드러냈다.

마이애미 말린스의 수비 실책으로 인해 후안 레이예스가 출루한 후, 요하임 세스페데스에게 실투를 던지다가 안타를 허용했던 것이 로이 헨드릭스의 멘탈이 흔들렸단 증거였다.

그렇지만 마이애미 말린스의 조 매팅리 감독은 마운드를 방문하지 않았다.

"투수를 교체하지 않는다?"

미겔 카브레라가 판단하기에는 지금이 투수 교체 타이밍이었다.

아니, 이미 한 박자 늦었다는 생각이 들었다.

자신이 대타자로 요하임 세스페데스를 기용했을 때, 수비 실책으로 인해 로이 헨드릭스의 멘탈이 흔들렸다는 사실을 간파하고 한 박자 빠르게 투수 교체를 하는 것이 최선이었다.

그러나 조 매팅리 감독이 내린 선택은 자신의 판단과 달랐다.

"왜 투수를 교체하지 않지?"

정확한 이유까지는 알 수 없었지만, 조 매팅리 감독은 투수 교체를 하지 않고 로이 헨드릭스를 마운드에 그냥 내버려 두었다.

"내 입장에서는 나쁘지 않아."

로이 헨드릭스를 교체하지 않는 조 매팅리 감독의 의중을 읽어내는 것은 어려웠다.

그렇지만 지금 중요한 것은 조 매팅리 감독이 로이 헨드릭스를 교체하지 않았다는 것이었다.

이미 멘탈이 흔들려 버린 로이 헨드릭스를 계속 상대하는 것.

뉴욕 메츠 입장에서는 호재였다.

"딱 한 점이면 충분해."

8회 초와 9회 초.

마이애미 말린스에게 남아 있는 공격 기회는 두 차례뿐이었다. 그리고 미겔 카브레라는 8회 초를 브라이언 모란에게 맡기고, 9회 초에 팀의 클로저인 제임스 윌슨을 올리는 투수 운용 계획을 이미 세운 후였다.

브라이언 모란과 제임스 윌슨 모두 믿을 수 있는 투수들.

이번 찬스에서 뉴욕 메츠 타선이 한 점의 득점만 올린다면 오늘 경기를 잡을 수 있다고 판단한 미겔 카브레라는 희생번트 작전을 지시했다.

슈악.

틱.

리드오프인 브랜든 니모가 침착하게 희생번트를 성공시킨 덕분에 1사 2, 3루로 상황이 바뀌었다.

이제는 외야플라이만 나와도 득점을 올릴 수 있는 상황.

2번 타자 페테르 알론조가 타석에 들어선 순간, 마이애미 말린스 내야진이 전진수비를 펼치기 시작했다.

여기서 실점을 하면 안 된다는 조 매팅리 감독의 절박함이 느껴지는 전진수비 작전.

'어떻게 될까?'

미겔 카브레라 역시 긴장한 채 로이 헨드릭스와 페테르 알론조가 펼치는 대결을 지켜보기 시작했다.

슈악.

"볼."

로이 헨드릭스가 초구로 던진 슬라이더는 스트라이크존을 크게 벗어났다.

슈아악.

"스트라이크."

로이 헨드릭스가 2구째로 구사한 직구는 바깥쪽 꽉 찬 스트라이크존을 통과했다.

이어진 3구째.

슈악.

부우웅.

페테르 알론조는 포크볼에 속아 헛스윙을 했다.

페테르 알론조가 1볼 2스트라이크의 불리한 볼카운트에 몰린 순간, 미겔 카브레라가 표정을 굳혔다.

'다시 안정을 찾았다?'

분명히 멘탈이 흔들리고 있었던 로이 헨드릭스였는데.

지금 페테르 알론조를 상대하고 있는 로이 헨드릭스는 다시 안정을 찾은 느낌이었다.

그로 인해 불안감을 느낀 미겔 카브레라가 맞은편 더그아웃을 힐끗 살폈다.

그런 미겔 카브레라의 눈에 감독석에 앉아 있는 조 매팅리 감독의 모습이 들어왔다.

'여유가… 있다?'

당연히 초조해하고 있을 거라 예상했는데.

느긋하게 감독석에 앉아 있는 조 매팅리 감독의 표정에는 여유가 묻어났다.

'믿는 구석이 대체 뭐지?'

조 매팅리 감독의 표정에 묻어 있는 여유를 발견한 후, 미겔 카브레라의 불안감이 더 커졌을 때였다.

슈아악.

딱.

페테르 알론조가 로이 헨드릭스의 4구째 직구를 공략했다.

'밀렸어!'

배트 스피드가 구속을 따라가지 못한 탓에 페테르 알론조의 타구는 멀리 뻗지 못했다.

좌익수 방면으로 향하는 타구의 궤적을 확인한 미겔 카브레라가 눈살을 찌푸렸다.

'애매해!'

페테르 알론조가 때린 타구의 낙구 지점을 예측한 박건이 원래 수비위치에서 앞쪽으로 두 걸음 정도 이동하는 것이 보였다.

'위험하지 않을까?'

마이애미 말린스의 좌익수인 박건의 어깨는 강한 편이었다.

불과 얼마 전까지 뉴욕 메츠 소속 선수였기에 미겔 카브레라는 박건의 강한 어깨에 대해서 잘 알고 있었다. 그래서 3루 주자가 태그업을 시도해서 홈승부를 펼치는 것이 위험하단 생각이 들었다.

하지만 홈승부를 포기하는 결정을 내리는 것도 쉽지 않았다.

'이번 기회를 흘려보내 버리면 득점을 올릴 기회가 있을까?'

확신이 서질 않았다.

손바닥에서 땀이 났다.

'태그업을 시도하라고 할까? 포기하라고 할까?'

미겔 카브레라가 둘 중 어떤 결정도 내리지 못하는 사이 박건이 포구했다.

타다닷.

그 순간, 3루 주자인 후안 레이예스가 태그업을 시도했다.

쉬이익.

박건이 홈으로 송구했다.

"아웃!"

잠시 후 주심이 망설임 없이 아웃을 선언했다.

'최악의 결과!'

그 일련의 과정을 지켜보던 미겔 카브레라의 얼굴이 벌겋게 상기됐다.

잠시 후, 미겔 카브레라가 떠올린 것은 3루 주루코치였다.

후안 레이예스는 태그업을 해서 홈승부를 하는 선택을 내렸다.

그 선택을 내린 것.

미겔 카브레라가 아니었다.

3루 주루코치가 결정한 것이었다.

'3루 주루코치에게 책임을 넘겨야겠군.'

최악의 결과가 나온 것에 대해서 팬들은 비난을 쏟아낼 터.

누군가는 책임을 져야 했다. 그리고 미겔 카브레라가 그 책임을 3루 주루코치에게 전가시켜야겠다고 막 결정했을 때였다.

'지금 뭘 하는 거지?'

문득 스스로가 한심하게 느껴져서 절레절레 고개를 내젓던 미겔 카브레라의 머릿속에 '경질'이란 단어가 떠올랐다.

*   *   *

로이 헨드릭스의 멘탈과 제구가 흔들린다.

계속 로이 헨드릭스로 끌고 가는 것은 무리다.

이렇게 판단했던 박건이 틀렸다.

로이 헨드릭스는 스스로의 힘으로 실점 위기를 벗어나면서 7회 말 수비를 무실점으로 막아냈으니까.

'어떻게 안정을 되찾았지?'

박건이 주먹을 불끈 움켜쥐는 제스처를 취한 후 더그아웃으로 돌아가는 로이 헨드릭스에게 새삼스러운 시선을 던지고 있을 때였다.

"애매하군."

이용운이 입을 뗐다.

"뭐가 애매하단 겁니까?"

"조 매팅리 감독 말이다."

"……?"

"실력인지, 실수인지 애매하단 뜻이다."

무슨 뜻일까.

제대로 말뜻을 이해하지 못한 박건이 고개를 갸웃거리고 있을 때, 이용운이 설명을 더했다.

"로이 헨드릭스를 교체하지 않고 계속 믿고 맡겼던 것이 조 매팅리 감독이 오늘 경기에서 가장 잘한 일이다. 만약 실투가 하나 나와서 안타를 허용했다고 해서 로이 헨드릭스를 바로 교체했다면 더 좋지 않은 결과가 나왔을 가능성이 높았거든."

"……?"

"생소함이 경험보다 더 큰 무기다. 이렇게 판단하고 로이 헨드릭스를 교체하지 않는 선택을 내렸다면 조 매팅리 감독의 실력이고, 계속 망설이다가 투수 교체 타이밍을 놓쳐 버렸던 것이라면 실수지. 그런데 둘 중 어느 쪽인지 알 수가 없단 뜻이다."

비로소 이용운이 꺼낸 말뜻을 이해한 박건이 고개를 돌려서 조 매팅리 감독을 바라보았다.

'어느 쪽일까?'

실력과 실수.

둘 중 어느 쪽인가를 확인해 보려 했지만, 조 매팅리 감독의 무표정한 얼굴에서는 아무것도 읽을 수 없었다.

그때, 이용운이 다시 입을 뗐다.

"어쨌든 한 가지는 확실하다."

"뭐가 확실한 겁니까?"

"조 매팅리 감독이 미겔 카브레라 감독보다는 낫다는 게 확실하다. 당장 오늘 경기에서도 미겔 카브레라 감독은 치명적인 실수를 여러 차례 범했으니까."

"대주자를 기용하지 않은 것이요?"

"그것도 미겔 카브레라 감독이 범한 치명적인 실수 중 하나지."

7회 말 공격의 선두타자인 후안 레이예스가 출루에 성공했을 때, 미겔 카브레라 감독은 희생번트 작전까지 지시하면서 추가득점을 올리겠다는 강한 의지를 드러냈다.

1사 2, 3루 상황에서 후속 타자인 페테르 알론조가 외야플라이를 때려낼 가능성이 분명히 존재했던 상황.

그렇지만 포수인 3루 주자 후안 레이예스는 발이 빠른 편이 아니었다.

외야플라이가 나왔을 때, 태그업을 시도해서 홈승부에서 세이프 판정을 받기 위해서는 후안 레이예스를 발 빠른 대주자로 교체하는 것이 필요했다.

하지만 미겔 카브레라 감독은 3루 주자 후안 레이예스를 대주자로 교체하지 않았다.

그로 인해 페테르 알론조가 외야플라이를 때려냈을 때, 3루 주자 후안 레이예스는 홈승부 끝에 아웃이 됐다.

'대주자를 기용하든가, 홈승부를 포기하든가. 둘 중 하나를 선택했어야 했음에도 불구하고, 미겔 카브레라 감독은 어떤 선택도 내리지 않았어.'

박건이 판단하기에는 결정적인 패착.

그리고 미겔 카브레라 감독이 이런 패착을 둔 이유가 잘 납득이 가지 않았다. 그때, 이용운이 다시 설명을 시작했다.

"미겔 카브레라 감독이 오늘 경기에서 범한 실수는 그게 다가 아니다. 아까도 말했듯이 여러 가지 실수를 했다. 그중에서도 가장 치명적인 실수가 뭔지 아느냐?"

"무엇입니까?"

"중심을 잡지 못했다. 쉽게 말해서 너무 조급했지. 그리고 조급함은 전염성이 있다."

"……?"

"만약 오늘 경기에서마저 패하면 뉴욕 메츠는 마이애미 말린스와 함께 지구 최하위로 추락한다. 그럼 감독직에서 경질될지도 모른다. 이런 두려움으로 인해서 미겔 카브레라 감독은 경기를 치르는 내내 초조한 기색이 역력했다. 그리고 팀의 수장인 미겔 카브레라 감독이 초조해하자, 뉴욕 메츠 선수들도 덩달아 초조해졌지. 아사메드 로사리오가 동점을 허용하는 결정적인 수비 실책을 범했던 것도 결과론적으로는 미겔 카브레라 감독의 초조함이 원인이었다고 할 수 있다."

이용운의 설명은 무척 친절한 편이었다.

덕분에 박건이 미겔 카브레라 감독이 오늘 경기에서 범한 치명적인 실수들에 대해 알게 됐을 때, 이용운이 덧붙였다.

"아직 오늘 경기는 끝난 게 아니다. 동점을 허용하면서 미겔 카브레라 감독은 더 초조해졌고, 그것은 뉴욕 메츠를 더 큰 위기에 몰아넣을 가능성이 높다."

*　　　　*　　　　*

8회 초 마이애미 말린스의 공격.

투수 타석에서 대타자를 기용했던 미겔 카브레라 감독은 예상대로 브라이언 모란을 마운드에 올렸다.

8회 초의 첫 타자는 8번 타자 닐 워커였다.

슈악.

딱.

닐 워커는 브라이언 모란이 던진 초구 슬라이더를 공략했지만, 정타가 되지 못했다.

3루수가 침착하게 타구를 처리하며 첫 번째 아웃카운트가 올라갔다.

'대타자를 기용하지 않을까?'

1사 주자 없는 상황에서 박건은 조 매팅리 감독이 대타자를 기용할 확률이 높다고 예상했다.

그러나 그 예상은 빗나갔다.

조 매팅리 감독은 대타자를 기용하는 대신, 투수인 로이 헨드릭스를 그대로 타석에 내보냈다.

슈악.

부우웅.

타석에 들어선 로이 헨드릭스는 브라이언 모란에게 삼구삼진을 당하며 또 하나의 아웃카운트가 늘어났다.

'연장 승부?'

박건이 퍼뜩 오늘 경기가 연장으로 접어들지도 모르겠다는 생각을 떠올렸을 때, 브라이언 마일스가 타석에 들어섰다.

슈악.

틱.

브라이언 마일스는 기습번트를 시도했다.

데구르르.

브라이언 마일스의 번트 타구를 처리하기 위해서 브라이언 모란이 대시했다. 그러나 대시 도중에 브라이언 모란의 발이 살짝 미끄러지며 중심을 잃었다.

쉬익.

그로 인해 송구 타이밍이 살짝 늦춰졌고, 그사이 전력 질주한 브라이언 마일스는 1루 베이스를 통과했다.

"세이프."

1루심이 세이프 판정을 내린 순간, 더그아웃에서 긴장한 채 지켜보던 박건이 안도의 한숨을 내쉬었다.

"운이 좋았어."

브라이언 마일스의 기습번트 타구.

투수 앞으로 굴러갔던 탓에 방향도 좋지 않았고, 타구의 강도도 강했던 편이었다.

'만약 투수인 브라이언 모란이 정상적으로 수비를 펼쳤다면?'

브라이언 마일스의 발이 아무리 빠르다 해도 1루 승부에서 아웃이 됐을 것이었다.

그런데 브라이언 모란은 번트 수비를 하는 과정에서 발이 미끄러지며 잠시 중심을 잃었고, 그 탓에 송구 타이밍이 한 박자 늦춰진 바람에 브라이언 마일스는 출루에 성공했다.

운이 따랐다고밖에는 표현할 수 없는 상황.

그렇지만 이용운의 의견은 달랐다.

"허를 제대로 찔렀다."

"……?"

"브라이언 마일스가 번트에 능숙하지 않다는 것. 전 소속 팀이었던 뉴욕 메츠 코칭스태프들이 모를 리 없다. 당연히 브라이언 모란에게 그 정보를 알려주었을 터. 그런데 브라이언 마일스는 기습번트를 감행했다. 그로 인해 브라이언 모란은 당황했고, 이것이 번트 타구 수비를 하는 과정에서 실수가 나온 이유다."

'그럴 수도 있겠네.'

박건의 생각이 바뀌었을 때, 타석에는 2번 타자 피터 알론소가 등장했다.

스윽.

피터 알론소가 타석에 들어서자마자, 1루 주자 브라이언 마일스가 리드 폭을 늘리기 시작했다.

브라이언 마일스의 발이 빠르다는 것을 알고 있는 브라이언 모란은 도루 시도를 의식했다.

그래서일까.

브라이언 모란은 타자인 피터 알론소와의 승부에 제대로 집중하지 못했다.

슈아악.

1볼 1스트라이크 상황에서 브라이언 모란이 3구째 직구를 구사했다.

몸쪽 직구를 구사했지만, 제구가 뜻대로 이뤄지지 않은 공은 피터 알론소를 향해 날아들었다. 그리고 피터 알론소는 공을 피하는 대신 살짝 몸을 돌리며 사구를 맞았다.

퍽.

허벅지 어림에 사구를 맞은 피터 알론소가 절뚝거리며 1루로 걸어 나갔다.

"일부러 안 피했어."

그 모습을 지켜보던 박건이 두 눈을 빛냈다.

피터 알론소가 사구로 출루하면서 2사 1, 2루로 상황이 바뀌었다.

이제는 짧은 안타만 나와도 득점을 올릴 수 있는 상황.

브라이언 모란은 타석에 들어선 폴 바셋과 신중하게 승부했다.

풀카운트까지 이어진 승부.

슈아악.

브라이언 모란이 6구째로 몸쪽 직구를 구사했다.

줄곧 바깥쪽 승부를 펼치던 브라이언 모란이 갑자기 몸쪽 직구를 구사하자 폴 바셋은 제대로 대처하지 못했다.

딱.

엉거주춤한 자세로 배트를 휘둘러 가까스로 커트해 내는 데 성공한 폴 바셋이 안도의 한숨을 내쉬었다.

반면 브라이언 모란은 아쉬운 기색이 역력했다.

슈아악.

7구는 바깥쪽 슬라이더.

딱.

폴 바셋은 이번에도 커트에 성공했다.

그 후로도 폴 바셋과 브라이언 모란의 대결은 치열하게 진행됐다.

브라이언 모란이 스트라이크존에 꽉 찬 공을 던질 때마다 폴 바셋이 계속 커트해 내며 승부가 길어졌다.

어느덧 12구까지 이어진 승부.

브라이언 모란이 가쁜 숨을 내쉬며 투구 동작에 돌입했다.

슈악.

'포크볼.'

그가 13구째로 선택한 공은 포크볼이었다.

폴 바셋과 12구까지 이어지는 승부를 하는 과정에서 브라이언 모란은 포크볼을 일절 구사하지 않았다.

13구째에 처음으로 구사한 결정구.

'참을 수 있을까?'

홈플레이트 앞에서 뚝 떨어지는 포크볼의 각은 무척 예리했다.

폴 바셋이 포크볼에 따라 나가던 배트를 도중에 가까스로 멈춰 세웠다.

"볼넷."

'잘 참았다.'

박건이 감탄했을 정도로 폴 바셋의 인내심과 배트컨트롤은 뛰어났다.

배트를 바닥에 내려놓고 1루로 걸어 나가던 폴 바셋이 가쁜 숨을 몰아쉬면서 오른 주먹을 불끈 움켜쥐었다.

'필사적이었어.'

최고의 집중력을 유지한 채 브라이언 모란과 끈질긴 승부를 펼쳐서 사사구를 얻어낸 폴 바셋을 바라보던 박건이 고개를 돌렸다.

2사 만루.

브라이언 모란이 절체절명의 위기에 처하자 미겔 카브레라 감독이 마운드로 걸어 올라오고 있었다.

철석같이 믿고 있던 필승조 브라이언 모란이 실점 위기에 처했기 때문일까.

미겔 카브레라 감독은 초조한 기색이 역력했다. 그리고 초조해하는 미겔 카브레라 감독과 루상에 들어서 있는 브라이언 마일스와 피터 알론소, 폴 바셋을 번갈아 바라보다 보니 퍼뜩 이용운이 했던 이야기가 떠올랐다.

"이번 3연전에는 두 가지 변수가 있다. 복수심, 그리고 절박함이 변수다."

뉴욕 메츠와의 3연전을 앞두고 이용운이 언급했던 변수들이었다.

당시에는 무슨 의미인지 이해하기 힘들었었는데.

이제서야 이용운이 언급했던 두 가지 변수들이 마음에 와닿기 시작했다.

'미겔 카브레라 감독에게 복수하기 위해서 투지를 발휘했어.'

브라이언 마일스와 피터 알론소, 폴 바셋, 그리고 박건까지.

트레이드를 통해서 뉴욕 메츠에서 마이애미 말린스로 이적한 네 선수에게는 한 가지 공통점이 있었다.

바로 미겔 카브레라 감독에 대한 감정이 좋지 않다는 것이었다. 그래서 뉴욕 메츠와의 3연전을 내심 잔뜩 벼르고 있었던 상태였다.

게다가 뉴욕 메츠가 오늘 경기마저 패하면서 지구 최하위로 순위가 추락하면, 미겔 카브레라 감독이 경질될 위기에 처한다는 사실도 모두 알고 있었던 상황.

그래서일까.

8회 초 공격에 타석에 들어섰던 브라이언 마일스와 피터 알론소, 그리고 폴 바셋은 필사적으로 브라이언 모란과 승부해 기어이 출루에 성공해 냈다.

복수심이란 변수가 만들어낸 결과.

그리고 이용운이 언급했던 또 하나의 변수인 절박함은 미겔 카브레라 감독의 심리 상태를 뜻하는 것이었다.

경질 위기에 처한 미겔 카브레라 감독의 심리 상태.

당연히 절박할 수밖에 없었다.

그래서 초조한 기색을 감추지 못하고 계속 드러냈고, 이것이 경기의 변수로 작용할 거란 뜻이었다.

'내 차례.'

박건이 비장한 표정으로 타석으로 향했다.

이용운이 언급했던 두 가지 변수는 여전히 작용하고 있었다.

박건 역시 미겔 카브레라 감독에게 복수하고 싶었다.

만약 이번 찬스에서 적시타를 때려내며 뉴욕 메츠를 침몰시킨다면, 그 복수에 방점을 찍을 수 있으리라.

그리고 아까 이용운이 언급했듯이 초조와 불안이란 감정에는 전염성이 있었다.

미겔 카브레라 감독이 마운드를 방문한 후, 브라이언 모란의 표정도 바뀌어 있었다.

자신감이 사라진 빈자리를 불안과 초조라는 감정이 대신 채우고 있었다.

'유인구.'

2사 만루 상황.

브라이언 모란이 자신과 어렵게 승부할 거란 예상을 한 박건이 대충 수 싸움을 한 후 잔뜩 웅크렸다.

슈악.

예상대로 유인구가 들어온 순간, 박건이 지체 없이 배트를 휘둘렀다.

따악.

경쾌한 타격음이 적막에 휩싸여 있던 시티 필드를 일깨웠다.

*   *   *

손바닥에 흥건하게 땀이 고였다.

스윽.

유니폼 바지를 문질러 손바닥의 땀을 닦아낸 미겔 카브레라가 양손을 들어서 마른세수를 했다.

'브라이언 모란이 무너질 줄이야.'

잭 스튜어트와 브라이언 모란으로 이어지는 새로운 필승조는 뉴욕 메츠의 장점이었다.

그런데 7회에 등판했던 잭 스튜어트는 동점을 허용했고, 8회에 등판했던 브라이언 모란은 박건에게 역전 2타점 적시타를 얻어맞으며 와르르 무너졌다.

자신의 계산과는 전혀 다른 결과가 도출된 셈이었다.

"왜… 이렇게 됐지?"

뉴욕 메츠의 약점이었던 허약한 불펜진을 트레이드를 통해 보강했다.

덕분에 약점을 지웠으니 뉴욕 메츠는 상승세를 타야 했다.

그렇지만 트레이드 단행 이후 뉴욕 메츠는 상승세를 탄 것이 아니라 오히려 하락세였다.

오늘 경기마저 패하면 마이애미 말린스와 지구 공동 최하위로 추락하는 것이 뉴욕 메츠가 하락세를 타고 있다는 증거였다.

그 이유에 대해 고민하던 미겔 카브레라 감독이 떠올린 것은 트레이드를 통해 뉴욕 메츠에서 마이애미 말린스로 이적한 네 선수였다.

"이제 와 돌이켜 보니… 그때 뉴욕 메츠는 괜찮은 팀이었어."

톰 힉스 구단주의 지시로 인해 지금은 마이애미 말린스로 이적해 버린 네 선수들이 뉴욕 메츠 선발 라인업에 포함됐던 적이 있었다.

네 선수가 함께 출전했을 당시, 뉴욕 메츠는 연승 가도를 달렸었다. 그리고 네 선수가 마이애미 말린스로 이적한 후, 뉴욕 메츠의 연승 행진은 바로 끊겼다.

"인정하고 싶지 않지만… 인정하지 않을 수가 없군."

각자 수비위치에 서 있는 박건과 폴 바셋, 브라이언 마일스와 피터 알론소를 차례로 바라보던 미겔 카브레라가 마지막으로 떠올린 얼굴은 잭 니퍼트 전 단장이었다.

"우리가 한배를 탄 채 하나의 목적지를 향해 항해하고 있다는 사실만큼은 잊지 말아줬으면 좋겠군."

껄끄러운 사이였던 잭 니퍼트 전 단장이 단장직에서 사퇴하기 전에 자신을 찾아와서 건넸던 말이었다.

당시 미겔 카브레라는 그 충고를 무시했었는데.

잭 니퍼트 전 단장이 건넸던 충고에 진심이 담겨 있다는 사실을 미겔 카브레라는 너무 늦게 깨달았다.

"다시 한번… 기회가 주어졌으면 좋겠군."

한 번 더 기회가 주어진다면?

똑같은 실수를 반복하지 않을 자신이 있었다. 그래서 미겔 카브레라가 고개를 들었다. 그리고 마침 구단주 관람석에서 자신을 내려다보고 있던 톰 힉스 구단주와 시선이 부딪친 순간, 미겔 카브레라가 쓴웃음을 머금었다.

지금의 뉴욕 메츠가 마음에 들지 않는 걸까.

구단주 관람석에서 자신을 내려다보고 있는 톰 힉스 구단주의 눈빛은 차갑기 그지없었다.

"기회가 주어지지 않을 확률이 높군. 그렇지만… 아직 포기하기는 일러."

아직 경기는 끝난 것이 아니었다.

9회 말 뉴욕 메츠의 정규이닝 마지막 공격이 진행되고 있었다.

현재 스코어는 4—6.

2사 주자 없는 상황이었다.

그렇지만 미겔 카브레라는 아직 경기를 포기하지 않았다.

야구는 9회 말 2사 후부터 시작이란 말도 있지 않은가.

그런 미겔 카브레라의 간절한 마음이 전해진 걸까.

2사 후에 타석에 들어선 제프 맥나일은 마이애미 말린스의 클로저인 브래들리 쿡과 끈질긴 승부 끝에 풀카운트 승부를 이끌어냈다.

7구째 승부.

슈아악.

딱.

제프 맥나일은 브래들리 쿡의 몸쪽 직구를 공략했다. 그러나 배트 스피드가 구속을 따라가지 못했다.

높이 솟구친 제프 맥나일의 타구를 확인한 순간, 미겔 카브레라가 두 눈을 질끈 감으며 혼잣말을 꺼냈다.

"끝났다."

＊　　　　＊　　　　＊

따악.

제프 맥나일의 높이 떠오른 타구를 잡아내는 데 성공한 박건이 주먹을 불끈 움켜쥐었다.

최종 스코어 6－4.

9회 말 뉴욕 메츠의 정규이닝 마지막 공격이 득점 없이 끝나면서 마이애미 말린스는 위닝시리즈를 확보했다.

또, 파죽의 10연승을 거두는 데 성공했다.

우우.

우우우.

박건이 마지막 아웃카운트를 잡아내며 경기가 종료된 순간, 마지막까지 시티 필드를 떠나지 않고 있던 뉴욕 메츠 홈 팬들이 일제히 야유를 쏟아냈다.

이 야유성은 자신을 향한 것이 아니었다.

오늘 경기에서 역전패를 당하며 지구 최하위로 추락한 뉴욕 메츠를 이끌고 있는 선장인 미겔 카브레라 감독에게로 향하고 있는 야유성이었다.

그 야유성을 들은 미겔 카브레라 감독의 표정은 딱딱하게 굳어져 있었다. 그리고 표정을 딱딱하게 굳히고 있는 미겔 카브레라 감독의 모습을 확인한 박건이 떠올린 사자성어는 '자업자득'이었다.

미겔 카브레라 감독은 오만과 독선이 가득한 방식으로 팀 운영을 했고, 그 결과 최악의 상황에 맞닥뜨리게 된 것이었다.

박건이 기다리고 있던 폴 바셋과 피터 알론소, 브라이언 마일스와 하이 파이브를 나누며 복수 성공을 자축한 후, 수훈 선수 인터뷰에 나섰다.

"박건 선수의 예측이 정확히 적중했습니다. 얼마 전에 가졌던 수훈 선수 인터뷰에서 마이애미 말린스 구단이 10연승을 거두는 것이 가능할 거라고 했던 예측대로 마이애미 말린스는 진짜 10연승을 거두었습니다. 10연승, 정말 대단한 기록입니다.

게다가 올 시즌이 개막하기 전까지만 해도 메이저리그 30개 구단 중 최약체라고 평가받던 마이애미 말린스가 거둔 성과이기에 더욱 대단하게 느껴지는데요. 박건 선수가 판단하기에 마이애미 말린스가 10연승을 거둘 수 있었던 요인이 무엇이라고 생각하십니까?"

"감독님 이하 선수들이 모두 똘똘 뭉쳐서 하나의 팀이 되어 경기한 것이 좋은 결과로 이어졌다고 생각합니다."

"오늘 경기 이야기를 하지 않을 수 없죠. 8회 초 2사 만루 상황에서 트레이드 카드 중 한 선수였던 브라이언 모란을 만났습니다. 무척 공교로우면서도 극적인 상황이었는데요. 중요한 승부처에서 역전을 만들어내는 2타점 적시 2루타를 때려내면서 브라이언 모란 선수를 무너뜨린 비결이 있었습니까?"

"비결이라고 표현하기는 좀 그렇지만… 복수심 덕분이었습니다."

"복수심이요?"

"네."

"그 말씀은 브라이언 모란 선수에게 꼭 복수하고 싶어서 타석에서 더 집중했단 뜻입니까?"

"아닙니다. 브라이언 모란 선수에게는 개인적인 감정이 전혀 없습니다. 저와 브라이언 모란을 포함해서 이번 트레이드에 포함됐던 선수들은 구단들의 손익 계산에 따라서 개인의 의사와는 상관없이 팀을 옮긴 것이니까요."

"그럼 대체 누구에게 복수심을 가졌단 겁니까?"

"저입니다."

"네?"

"뉴욕 메츠 소속 선수일 당시 박건이란 선수는 제가 생각해도 한심하기 짝이 없었습니다. 스스로도 용납하기 싫을 정도로 한심한 플레이를 줄곧 펼쳤었죠. 그런 제가 싫었습니다. 그래서 제게 복수해야겠다는 마음을 가졌죠."

"······?"

"그리고 미안했습니다."

"누구에게 미안했다는 겁니까?"

"저를 믿고, 또 제게 큰 기대를 갖고 영입했던 잭 니퍼트 전 단장님을 비롯한 뉴욕 메츠 구단 관계자들, 그리고 제게 응원을 보내주었던 뉴욕 메츠 팬들에게 항상 미안한 마음을 갖고 있었습니다. 그래서 오늘 경기에서 더 잘하고 싶었습니다. 저를 영입했던 뉴욕 메츠 구단 관계자들이 실수했거나 오판했던 것이 아니라는 것을 증명하기 위해서는 제가 그라운드에서 좋은 경기를 해야 했습니다. 그리고 늦었지만 지금이라도 좋은 경기를 펼치는 것이 뉴욕 메츠 팬들에게도 보답하는 길이라고 판단해서 더욱 경기에 집중했던 겁니다."

박건이 대답을 마친 후, 관중석을 둘러보았다.

예상치 못했던 인터뷰 내용이기 때문일까.

놀란 표정을 짓고 있던 뉴욕 메츠 팬들이 술렁이기 시작했다. 그리고 잠시 후, 박건이 예상치 못했던 반응이 돌아왔다.

와아.

와아아.

수훈 선수 인터뷰를 지켜보기 위해서 경기장에 남아 있던 뉴욕 메츠 팬들이 환호성을 보내기 시작했다.

'동정이 아냐.'

오늘 경기 중에 뉴욕 메츠 팬들이 자신에게 보냈던 동정의 의미가 담겨 있던 환호와는 달랐다.

와아.

와아아.

'이건… 사과의 의미가 담긴 환호야.'

당신은 좋은 선수다. 우리가 그것을 알아채지 못했다. 그리고 좋은 선수인 당신이 가지고 있는 기량을 발휘할 때까지 인내심을 갖고 기다리지 못하고 야유와 비난을 쏟아냈던 것을 사과한다.

잠시 후, 박건은 뉴욕 메츠 팬들이 쏟아내고 있는 환호성에 담겨 있는 의미를 간파할 수 있었다.

뉴욕 메츠 소속 선수일 당시에는 듣지 못했던 환호성을 뒤늦게 마이애미 말린스 소속 선수로 듣고 나자, 감회가 새로웠다. 그리고 정확한 이유까지는 알 수 없었지만 가슴이 뜨겁게 달아올랐다.

와아.

와아아.

그동안 야유를 쏟아낸 것에 대한 사죄의 의미일까.

계속 자신에게 환호를 보내고 있는 뉴욕 메츠 팬들을 둘러보던 박건이 가늘게 떨리는 목소리로 입을 뗐다.

"미안했습니다. 그리고… 감사합니다."

          *   *   *

최종 스코어 9—1.

마이애미 말린스는 뉴욕 메츠와의 3연전 마지막 경기에서도 압승을 거두었다.

뉴욕 메츠의 선발투수인 어빙 산타나는 무려 10연승을 거두며 상승세를 타고 있는 마이애미 말린스 타선을 막아내기에 역부족이었다.

경기 초반에 대량 실점하면서 조기 강판됐다.

반면 마이애미 말린스의 선발투수인 샌디 알칸트라는 1실점 완투승을 거두며 마이애미 말린스의 11연승을 견인했다.

'복수의 완성.'

시리즈 스윕이 확정된 순간, 박건이 머릿속으로 떠올렸던 생각이었다. 그리고 이용운이 했던 예상은 빗나가지 않았다.

〈지구 최하위로 추락한 뉴욕 메츠, 감독 경질이란 승부수를 꺼

내 들다〉

뉴욕 메츠가 이번 시리즈에서 스윕을 당하면서 지구 단독 최하위로 순위가 추락하자, 톰 힉스 구단주는 감독 경질을 단행했다.

"이 정도면 충분해."

질긴 악연으로 얽혀 있던 미겔 카브레라 감독의 경질 소식을 기사로 접한 박건이 만족했을 때였다.

"아직 후배가 할 일은 끝나지 않았다."

이용운이 말했다.

"제게 남은 일이 무엇입니까?"

박건이 질문하자, 이용운이 대답했다.

"사람을 구해야지."

"사람을… 구하라고요?"

"그래."

"제가 누굴 구합니까?"

박건이 황당한 표정으로 질문하자, 이용운에게서 대답이 돌아왔다.

"배동국."

"……?"

"지금쯤 후배의 전화를 기다리느라 숨 넘어가기 직전일 테니까."

'아, 까맣게 잊고 있었네.'

마이애미 말린스와 뉴욕 메츠의 3연전.

'빅 이벤트'라고 불렸을 정도로 중요한 시리즈였다.

또 박건 개인적으로도 무척 의미가 컸던 시리즈였다.

해서 박건은 이번 시리즈에 오롯이 집중하기 위해서 애썼다. 그래서 TBS 스포츠채널의 배동국 CP에 대해서는 그동안 까맣게 잊고 있었던 것이었다.

"최대한 빨리 대답해 주시면 감사하겠습니다."

첫 통화를 할 당시, 배동국의 목소리에는 초조함이 잔뜩 묻어났었다.

그러니 계속 자신에게서 전화가 걸려오길 기다리고 있었을 것이었다.

어쩌면 이용운의 표현처럼 전화를 기다리느라 숨 넘어가기 일보 직전일 수도 있겠단 생각이 들어서 쓰게 웃던 박건이 입을 뗐다.

"그냥… 하지 말까요?"

"응?"

"배동국 CP에게 전화를 걸지 않는 편이 더 낫겠단 생각이 퍼뜩 들어서요."

"왜 그런 생각을 한 거지?"

"이대로 숨이 넘어가게 만드는 것도 나쁘지 않을 것 같아서요."

"……."

"그럼 완벽한 복수가 아니겠습니까?"

이용운과 배동국 CP.

서로 악연으로 얽혀 있다는 사실을 박건은 알고 있었다.

그래서 완벽한 복수의 방법을 제시했지만, 이용운의 의견은 달랐다.

"전화해라."

"하지만……."

"고작 그 정도 복수로는 내 성에 차지 않는다."

이용운이 한 번도 들어본 적 없는 싸늘한 목소리로 덧붙였다.

"일단 숨을 붙여둔 채로 지옥을 경험하게 해줄 것이다."

제3장

—박건 수훈 선수 인터뷰.

너튜브에 접속한 배동국이 검색어를 입력했다. 그리고 뉴욕 메츠와의 3연전 2차전에서 승리를 거둔 후, 수훈 선수로 뽑혔던 박건의 인터뷰 영상을 찾아내는 데 성공했다.

(조회수: 324만 1577회)

2 대 4 트레이드의 당사자들이었던 두 구단인 마이애미 말린스와 뉴욕 메츠가 펼치는 3연전 시리즈.

메이저리그에서만 주목한 것이 아니었다.

국내 팬들도 두 구단의 맞대결에 주목했다.

게다가 3연전 2차전에서 수훈 선수로 선정됐던 박건의 인터뷰가 큰 화제가 되면서 영상의 조회수는 무려 삼백만 회를 훌쩍 넘어서 있었다.

"박건의 단독 인터뷰를 딸 수만 있다면 대박이 날 텐데."

너튜브에 접속해서 박건의 수훈 선수 인터뷰 영상을 찾아본 사람들이 이렇게 많은 것이 국내 팬들의 관심이 지대하다는 증거였다.

'만약 TBS 스포츠채널에서 메이저리그 중계권을 따내서 박건과 단독 인터뷰를 진행하는 것이 가능하다면?'

대박은 따놓은 당상이란 생각을 하며 배동국이 영상을 재생시켰다.

"오늘 경기 이야기를 하지 않을 수 없죠. 8회 초 2사 만루 상황에서 트레이드 카드 중 한 선수였던 브라이언 모란을 만났습니다. 무척 공교로우면서도 극적인 상황이었는데요. 중요한 승부처에서 역전을 만드는 2타점 적시 2루타를 때려내면서 브라이언 모란 선수를 무너뜨린 비결이 있었습니까?"

"비결이라고 표현하기는 좀 그렇지만… 복수심 덕분이었습니다."

"복수심이요?"

"네."

"그 말씀은 브라이언 모란 선수에게 꼭 복수하고 싶어서 더 집중했단 뜻입니까?"

"아닙니다. 브라이언 모란 선수에게는 개인적인 감정이 전혀 없습니다. 저와 브라이언 모란을 포함해서 이번 트레이드에 포함됐던 선수들은 구단들의 손익 계산에 따라서 개인의 의사와는 상관없이 팀을 옮긴 것이니까요."

"그럼 대체 누구에게 복수심을 가졌단 겁니까?"

"저입니다."

"네?"

"뉴욕 메츠 소속 선수일 당시 박건이란 선수는 제가 생각해도 한심하기 짝이 없었습니다. 스스로도 용납하기 없을 정도로 한심한 플레이를 줄곧 펼쳤죠. 그런 제가 싫었습니다. 그래서 제게 복수해야겠다는 마음을 가졌죠."

일시정지 버튼을 누른 후, 배동국이 감탄했다.

"멘트도 죽이네."

수훈 선수 인터뷰에서 박건이 한 멘트는 훌륭했다. 그렇지만 아직 끝이 아니었다.

"저를 믿고, 또 제게 큰 기대를 갖고 영입했던 잭 니퍼트 전 단장님을 비롯한 뉴욕 메츠 구단 관계자들, 그리고 제게 응원을 보내주었던 뉴욕 메츠 팬들에게 항상 미안한 마음을 갖고 있었습니다. 그래서 오늘 경기에서 더 잘하고 싶었습니다. 저를 영입했던 뉴욕 메츠 구단 관계자들이 실수했거나 오판했던 것이 아니라는 것을 증명하기 위해서는 제가 그라운드에서 좋은 경기를 해야 했습니다. 그리고 늦었지만 지금이라도 좋은 경기를 펼치는 것이 뉴욕 메츠 팬들에게도 보답하는 길이라고 판단해서 더욱 경기에 집중했던 겁니다."

박건의 멘트에는 사람의 마음을 움직이는 힘이 있었다.

진심이 담겨 있었기 때문이었다.

그래서일까.

와아.

와아아.

시티 필드를 떠나지 않고 남아 있던 뉴욕 메츠 팬들이 일제히 환호를 보내기 시작했다.

"미안했습니다. 그리고… 감사합니다."

잠시 후 박건이 가늘게 떨리는 목소리로 사과와 감사를 전했다.

그 순간, 박건의 수훈 선수 인터뷰가 커다란 화제가 된 진짜 이유가 화면에 등장하기 시작했다.

짝짝.

짝짝짝.

뉴욕 메츠의 경기가 패배로 끝났음에도 불구하고, 수많은 뉴욕 메츠 팬들은 시티 필드를 떠나지 않고 남아 있었다.

그들이 기립한 채 수훈 선수 인터뷰를 하고 있던 박건에게 박수를 보내기 시작했다.

박건은 더 이상 뉴욕 메츠 선수가 아니었다.

마이애미 말린스 소속 선수였다.

그런데 시티 필드에 모여 있는 뉴욕 메츠 팬들이 친정 팀의 심장에 비수를 꽂고 수훈 선수 인터뷰를 하고 있는 박건에게 기립 박수를 보내주는 장면.

메이저리그에서도 자주 나오지 않는 명장면이었다.

"좋다."

수훈 선수 인터뷰 영상을 모두 지켜본 배동국이 갈증을 느꼈다.

'더 늦어지면 곤란한데.'

시간이 돈이라는 표현이 딱 어울리는 현 상황이었다.

메이저리거 박건이 더 좋은 활약을 펼치면 펼칠수록, 메이저리그 중계권을 따내기 위한 국내 방송사들 간의 경쟁은 더 치열해질 수밖에 없었다. 그리고 경쟁이 치열해지면 질수록 메이저리그 중계권료가 상승하는 것이 당연했다.

그러니 하루라도 빨리 메이저리그 중계권료 협상에 나서는 것이 중계권 금액을 줄일 수 있는 방법이었다.

하지만 박건에게서는 아직 연락이 오지 않았다.

그로 인해 조바심을 느끼던 배동국이 다시 휴대전화를 집어들고 까까오톡 메시지를 작성하기 시작했다.

─연락이 없어서 다시 문자 드립니다. 아직 결정을 내리지 못하신 건가요? 아니면, 경기 일정이 빠듯해서 결정을 내릴 시간이 없었던……

장문의 메시지를 작성했다가 지우고, 다시 작성했다가 지우기를 반복하던 배동국이 긴 한숨을 내쉬었다.

일단 자신이 작성한 메시지 내용이 마음에 들지 않았고, 설령 이 메시지를 보낸다고 하더라도 박건의 마음을 움직일 수 있을지 여부에 대한 확신이 서지 않아서였다.

해서 메시지 작성을 그만두고 휴대전화를 막 탁자 위에 내려놓으려 한 순간이었다.

지이잉. 지이잉.

휴대전화가 진동했다.

"연락이 왔다."

오매불망 기다리고 있었던 박건에게서 걸려온 전화임을 확인한 배동국이 두 눈을 빛내며 서둘러 통화 버튼을 눌렀다.

*　　　　　*　　　　　*

　"결정하셨습니까?"

　안부 인사를 건넬 여유도, 축하 인사를 건넬 여유도 없었다.

　해서 배동국이 다자고짜 결정을 내렸느냐는 질문부터 던진 순간, 박건에게서 대답이 돌아왔다.

　"결정했습니다."

　'결정을 했기 때문에 내게 전화한 거구나.'

　배동국이 혀를 내밀어 바싹 마른 입술을 적셨다.

　박건이 어떤 결정을 내렸는가에 따라서 아주 많은 것이 달라질 터.

　해서 긴장된 마음으로 배동국이 다시 질문했다.

　"어느 쪽으로 결정했습니까?"

　"하죠."

　그 대답을 들은 순간, 휴대전화를 쥐고 있던 배동국의 손에 힘이 꽉 들어갔다.

　'됐다!'

　그리고 속으로 쾌재를 부르고 있을 때, 박건이 다시 입을 뗐다.

　"단 조건이 있습니다."

　"어떤 조건입니까?"

　"조건은 두 가지입니다. 우선 제가 출전하는 마이애미 말린스 경기 해설을 윤재규 해설위원에게 맡겨주십시오."

박건이 첫 번째 조건을 꺼낸 순간, 배동국이 당황했다.

전혀 예상치 못했던 조건이었기 때문이었다.

'서동재, 허기원 조합.'

인기 캐스터 서동재와 연륜 있는 해설위원 허기원을 조합하는 그림을 머릿속으로 그리고 있었던 배동국이었다.

그런데 박건은 허기원이 아닌 다른 해설위원에게 자신이 출전하는 경기의 해설을 맡기라고 요구하고 있었다.

'왜 이런 요구를 하는 거지?'

배동국이 당황한 이유는 지금 상황이 일반적인 케이스와 거리가 멀었기 때문이었다.

선수가 자신이 출전하는 경기의 해설을 맡을 해설위원을 지목하는 것.

지금껏 단 한 차례도 없었던 케이스였다.

그러나 배동국은 당황한 기색을 드러내지 않기 위해 애쓰며 다시 질문했다.

"혹시 허기원 해설위원을 알고 있습니까?"

허기원은 해설위원으로 활동한 지 30년 가까이 된 베테랑 해설위원이었다.

대한민국을 대표하는 야구 해설위원 중 일인으로 현재는 TBS 스포츠채널에서 해설을 맡고 있었다.

허기원 해설위원에 대해 모르는 야구팬들이 드문 상황.

프로선수인 박건도 당연히 허기원 해설위원에 대해서 알고 있을 거란 배동국의 예상은 적중했다.

"알고 있습니다."

예상대로 박건에게서 허기원 해설위원을 알고 있다는 대답이 돌아온 순간, 배동국이 기다렸다는 듯이 말했다.

"저는 박건 선수가 출전하는 마이매미 말린스의 경기들을 풍부한 경험과 연륜을 갖춘 허기원 해설위원에게 맡길 복안을 갖고 있었습니다."

허기원은 해설위원들 중 인지도가 가장 높았다.

또, 경기의 맥을 정확히 짚기로 유명했다.

그래서 배동국은 허기원 해설위원의 장점들을 어필하면서 박건을 설득할 계획이었는데.

"허기원 해설위원이 제 경기의 해설을 맡는 것은 싫습니다."

박건의 반대로 인해 배동국의 계획은 어그러졌다.

'혹시… 허기원 해설위원과 악연이 있나?'

결사반대를 외치고 있는 박건의 반응을 확인한 배동국이 표정을 굳혔다. 그리고 박건이 반대하는 이유를 알아내는 것이 우선이라고 판단한 배동국이 질문했다.

"왜 허기원 해설위원이 해설을 맡는 것을 반대하시는 겁니까?"

"그냥입니다."

"네?"

"제가 그 이유까지 밝힐 필요가 있습니까?"

배동국이 표정을 더욱 굳혔다.

박건이 방금 던진 말을 통해서 갑을 관계가 분명하게 정해졌기 때문이었다.

'내가 을이구나. 그리고… 을의 위치에 선 것도 오랜만이구나.'

자신이 갑이 아닌 을의 위치에 서 있다는 사실을 깨달은 배동국은 허기원 해설위원을 반대하는 이유에 대해서 더 캐묻지 않았다.

대신 화제를 돌렸다.

"아까 박건 선수가 추천했던 해설위원, 누구라고 하셨습니까?"

"윤재규 해설위원입니다."

'윤재규가… 누구지?'

익숙한 듯 낯선 이름이었다. 그래서 잠시 기억을 더듬은 후에 배동국은 윤재규 해설위원에 대해서 떠올리는 데 성공했다.

"TBN 스포츠채널에 소속된 윤재규 해설위원을 말씀하시는 겁니까?"

"아닙니다."

'아니라고? 혹시 동명이인인 해설위원이 있나?'

배동국이 다시 기억을 헤집으려 했을 때, 박건이 덧붙였다.

"지금은 TBN 스포츠채널에 소속된 해설위원이 아니란 뜻입니다."

"그게 무슨……?"

"재계약에 실패했습니다."

"아."

배동국이 비로소 말뜻을 이해했을 때였다.

"지금은 백수 신세입니다. 그러니까 TBS 스포츠채널 해설위원으로 새로이 합류하는 것이 가능하다는 뜻입니다."

박건이 덧붙인 이야기를 들은 배동국이 고개를 끄덕였다.

마침 윤재규 해설위원이 TBN 스포츠채널과 재계약에 실패한 상황이니, TBS 스포츠채널로 영입하는 것에는 딱히 문제가 없었다.

그렇지만 배동국에게는 아직 한 가지 풀리지 않는 의문이 남아 있었다.

박건이 하필 윤재규 해설위원을 추천한 이유였다.

"제가 기억하기로 윤재규 해설위원은 인지도도 높은 편이 아니고, 특별히 해설 실력이 뛰어난 편도 아닙니다. 그런데 윤재규 해설위원을 추천한 특별한 이유가 있습니까?"

"실력이 뛰어납니다."

"네?"

"다만 가지고 있는 실력을 발휘할 기회가 주어지지 않았던 것뿐입니다. 대충 알고 계시겠지만 윤재규 해설위원이 성공한 선수 출신이 아니기 때문입니다. 그래서 가진 바 실력을 발휘할 기회를 드리고 싶은 겁니다."

"하지만……."

"그리고 굳이 한 가지 이유를 더 꼽자면 제가 윤재규 해설위원의 해설을 좋아합니다."

배동국이 더 말하는 대신 입을 다물었다.

아까도 깨달았듯 배동국은 을의 위치였다. 그리고 갑의 위치에 선 박건은 내가 윤재규 해설위원의 해설을 좋아한다. 그 정도 이유면 차고 넘치지 않느냐고 이야기하고 있는 것처럼 느껴졌다.

"윤재규 해설위원이 박건 선수 경기 중계에 참여하기만 하면 되는 거죠?"

"그렇습니다."

"그 조건은 수용하겠습니다."

메이저리그 중계권을 따내서 대박을 노리고 있던 배동국이 박건이 제시한 첫 번째 조건을 수용하겠다는 의사를 밝히며 두 번째 조건에 대해서 질문했다.

"나머지 하나의 조건은 무엇입니까?"

"단독 인터뷰를 진행할 프로그램을 제가 정하겠습니다."

"네?"

배동국이 재차 당황했다.

박건이 제시한 두 번째 조건 역시 예상 범위를 훌쩍 벗어났기 때문이었다.

'이러면 내 계획이 어그러지는데.'

배동국이 난감한 기색을 드러낸 이유는 메이저리그 중계권을 TBS 스포츠채널에서 따내는 데 성공하면 메이저리그 관련 소식만 따로 전하는 새로운 프로그램인 '투데이 메이저리그'를 론칭할 계획을 세워두었기 때문이었다.

배동국은 '투데이 메이저리그'에서 박건의 단독 인터뷰를 내보낼 계획이었는데.

자칫 잘못하면 야심 찬 계획이 시작도 하기 전에 어그러질 위기에 처한 것이었다.

"어떤 프로그램입니까?"

"'너와 나, 우리의 야구'입니다."

"혹시 '너와 나, 우리의 야구'를 콕 집으신 이유가 따로 있습니까?"

"제가 채선경 아나운서의 팬이기 때문입니다."

"그 이유가… 전부입니까?"

"네."

'고작 그런 이유 때문에.'

배동국이 인상을 팍 구겼을 때였다.

"다른 이유가 더 필요합니까?"

박건이 반문했다.

그 반문을 듣고서 배동국은 자신이 철저하게 을의 위치에 서 있다는 사실을 새삼 깨달으며 역으로 제안했다.

"그 말씀은 꼭 '너와 나, 우리의 야구'일 필요는 없다는 뜻이군요. 채선경 아나운서가 출연하는 프로그램이면 인터뷰에 응하시겠습니까?"

"그러죠."

역제안이 먹혀든 순간, 배동국이 속으로 쾌재를 불렀다.

"그럼 거래가 성사된……."

"잠깐만요."

"또 왜 그러십니까?"

배동국이 불안감을 느꼈을 때, 박건이 말했다.

"조건이 하나 더 있습니다."

"조건이 또 있다고요?"

"네."

"어떤 조건입니까?"

박건이 대답했다.

"새로운 매체와 컬래버를 하는 겁니다."

*   *   *

"이 조건을 수용할까요?"

박건이 배동국에게 제시했던 세 번째 조건은 너튜브 개인 방송인 '더 독해져서 돌아온 독한 야구'의 내용 중 일부를 방송 프로그램 도중에 소개하는 것이었다.

배동국의 입장에서는 선뜻 수용하기 어려운 조건일 수도 있다는 생각이 들었다. 그리고 미리 제시했던 두 가지 조건을 바로 수용했던 배동국은 세 번째 조건 수용 여부에 대한 답변을 뒤로 미루었다.

"고민할 시간을 주십시오."

배동국이 통화 도중 한숨을 내쉬며 꺼냈던 이야기를 박건이 떠올렸을 때, 이용운이 확신에 찬 목소리로 말했다.

"배동국은 그 조건을 수용할 것이다."

"하지만……."

"달리 선택의 여지가 없으니까."

*   *   *

배동국이 세 가지 조건을 모두 수용할 것이라고 이용운이 확신한 이유는 지금 그가 물불을 가릴 처지가 아니었기 때문이었다.

'포기하지 못할 거야.'

배동국은 메이저리그 중계권을 따내는 것에 혈안이 된 상태였다.

이미 '투데이 메이저리그'라는 새로운 프로그램을 론칭할 플

랜까지 짜놓았다는 것이 메이저리그 중계권에 대한 그의 의지가 무척 강하다는 것을 보여주는 증거였다.

그런 이용운의 예상은 적중했다.

지이잉. 지이잉.

통화를 마친 지 채 한 시간도 지나지 않아서 배동국에게서 다시 전화가 걸려왔다.

"세 가지 조건 모두 수용하겠습니다."

예상대로 배동국은 세 가지 조건을 모두 수용하겠다는 의사를 밝혔고 이용운이 속으로 쾌재를 불렀을 때였다.

"하나 여쭤보고 싶은 게 있습니다."

박건이 입을 뗐다.

"뭐가 궁금하냐?"

"원래 귀신들은 이렇게 욕심이 많은 겁니까?"

"응?"

"'더 독해져서 돌아온 독한 야구'를 성공시키기 위해서 이렇게 물불 가리지 않으시는 것, 욕심이 많기 때문이 아닙니까?"

박건이 던진 질문을 들은 이용운이 쓴웃음을 머금었다.

"수익 배분을 하자."

박건과 영혼의 파트너가 된 후, 이용운은 수익 배분을 하자고 주장했었다.

실제로 박건과 이용운은 5 : 5로 수익을 배분하고 있었고.

그러니 박건의 입장에서는 이용운이 무척 욕심이 많다고 판단하는 것이었다.

'오해할 만하군.'

이용운의 입가에 머물러 있던 고소가 짙어졌다.

하지만 박건은 말 그대로 오해하고 있었다.

이용운이 '더 독해져서 돌아온 독한 야구'를 꼭 성공시키려는 이유는 더 많은 돈을 벌기 위해서가 아니었다.

진짜 이유는 따로 있었다.

그 진짜 이유는… 멋진 이별을 준비하기 위해서였다.

                    *   *   *

박건의 성장세는 이용운이 깜짝 놀랄 정도로 가팔랐다.

타격과 수비, 그리고 투구까지.

여러 면에서 박건은 빠르게 성장했다.

그렇지만 가장 눈에 띄게 달라진 점은 예전과는 다르게 생각하면서 야구를 한다는 점이었다.

경기의 판세를 읽는 능력이 생기면서 경기 중에 본인이 무엇을 해야 할지를 알고 플레이했다.

또, 큰 그림을 읽어내는 안목도 생기기 시작했다.

그래서일까.

박건은 경기 중에 자신에게 의존하는 비중이 줄어들었다.

또, 이런저런 질문을 던지는 빈도도 현저히 줄었다.

덕분에 이용운의 몸은 편해졌지만, 마음은 불편해졌다.

박건과의 이별이 점점 가까이 다가오고 있다는 것을 직감했기 때문이었다.

'존재 가치가 없으면 떠나야지.'

언제까지나 지금처럼 지낼 수는 없다는 사실.

이용운이 누구보다 잘 알고 있었다.

적당한 때가 되면 박건의 곁을 떠나야 했고, 이용운은 그 적당한 때가 자신의 존재 가치가 사라졌을 때라고 내심 판단하고 있었다.

'내가 박건을 위해서 해줄 수 있는 게 뭐가 남아 있을까?'

그래서 고민을 거듭하던 이용운이 퍼뜩 떠올렸던 것은… 리모컨이었다.

리모컨을 조작할 정도로 물리력이 생긴 것.

불과 얼마 전까지만 해도 정신을 집중했기 때문이라고 생각했다.

그런데 그 생각이 바뀐 것은 '더 독해져서 돌아온 독한 야구' 때문이었다.

팟캐스트에서 너튜브로.

활동 무대를 옮긴 덕분일까.

아니면, 수훈 선수 인터뷰를 하던 박건의 기발한 홍보 덕분일까.

너튜브 개인 방송인 '더 독해져서 돌아온 독한 야구'의 구독자 수는 '독한 야구' 때보다 대략 열 배 가까이 늘어났다.

그리고 여느 때와 다름없이 리모컨을 조작하던 이용운은 낯선 경험을 했다.

'왜 이리 쉬워?'

이전보다 훨씬 쉽게 리모컨 버튼을 조작할 수 있다는 사실을 깨달은 것이었다.

예전에는 온 정신을 집중한 후에야 간신히 버튼을 눌러 채널을 변경할 수 있었다.

그런데 그날은 달랐다.

'채널을 변경하자.'

이렇게 마음을 먹고 제대로 정신을 집중하기도 전에 리모컨의 채널 변경 버튼이 눌러져 있었다.

굳이 수치로 표현하자면 예전에는 10의 힘을 사용해야만 리모컨 버튼을 누를 수 있었다면, 지금은 1의 힘만 사용해도 리모컨 버튼을 누를 수 있게 된 것이었다.

'왜… 이래?'

그 이유를 찾기 위해서 이용운은 고심을 거듭했다. 그리고 장고 끝에 찾아낸 답은 '더 독해져서 돌아온 독한 야구'였다.

'물리력의 강도가 구독자 수에 비례하는 것이 아닐까?'

다른 이유는 찾기 힘들었다. 그리고 이용운은 자신의 계산이 틀리지 않았음을 머잖아 깨달았다.

그 후로도 '더 독해져서 돌아온 독한 야구'의 구독자 수는 꾸준히 증가했고, 그만큼 사용할 수 있는 물리력의 강도도 더 강해졌다는 사실을 확인했기 때문이었다.

'왜 이런 결과가 만들어지는 거지?'

'더 독해져서 돌아온 독한 야구'의 구독자 수와 사용할 수 있는 물리력 사이의 상관관계에 대해서는 정확히 파악하기 힘들었다.

그렇지만 막연하게나마 추측은 가능했다.

'내 해설을 듣는 사람의 수가 늘어나면 내가 발휘하는 영향력도 커지면서 행사할 수 있는 물리력도 커지는 것이 아닐까?'

이용운이 떠올린 추측이었다.

그리고 중요한 것은 물리력과 구독자 수 사이의 상관관계에 대한 추측이 적중했는가 여부가 아니었다.

진짜 중요한 것은 '더 독해져서 돌아온 독한 야구'의 구독자 수가 지금보다 더 늘어나면, 이용운이 행사할 수 있는 물리력의 강도도 그만큼 강해진다는 점이었다.

'내가 박건을 위해 해줄 수 있는 것이 아직 남아 있구나.'

그 사실을 깨닫고 난 후, 이용운이 문득 떠올렸던 생각이었다.

물론 현재 자신이 사용할 수 있는 물리력으로는 박건을 돕기에 한참 부족했다.

박건을 돕기 위해서는 지금보다 훨씬 더 강한 물리력을 사용하는 것이 필요했다.

그것을 위해서는 '더 독해져서 돌아온 독한 야구'의 구독자 수가 더 늘어나야 했고, 이것이 TBS 스포츠채널에서 새로 론칭할 '투데이 메이저리그'라는 프로그램에 '더 독해져서 돌아온 독한 야구'를 소개하려는 이유였다.

방송의 힘은 절대 무시할 수 없다는 사실.

이용운이 어느 누구보다 잘 알고 있었기 때문이었다.

그러나 그 이유가 다가 아니었다.

이용운이 '더 독해져서 돌아온 독한 야구'를 '투데이 메이저리그'에 소개하려고 하는 것에는 한 가지 이유가 더 있었다.

*　　　　　*　　　　　*

"그래. 어쩌면 욕심일 수도 있지. 그런데도 그 욕심을 버리기 힘들구나."

이용운이 한참 만에 입을 떼자, 박건이 질문했다.

"왜 욕심을 버리기 힘든 겁니까?"

"잊히고 싶지 않아서다."

"……?"

"'전설의 고향'이란 드라마, 알지?"

"'전설의 고향'이 뭡니까?"

"'전설의 고향'을 모른다고?"

"네."

"어떻게 그 명작 드라마를 모를 수가 있지?"

박건이 '전설의 고향'이란 명작 드라마를 모른다는 사실을 깨달은 이용운이 황당한 표정을 지었다.

잠시 후, 그가 느낀 것은 세대 차이였다.

'전설의 고향'이란 드라마를 박건이 전혀 모른다는 것이 자신과 세대 차이가 난다는 증거였다.

"'전설의 고향'은 한국의 요괴와 괴수, 그리고 귀신들과 관련된 설화를 드라마로 재창작한 작품이다. 방영 당시에 대단한 인기를 누렸었고, 아주 무서운 작품이기도 했지. 어릴 적에 '전설의 고향'을 보고 난 후에는 너무 무서워서 화장실도 가지 못했을 정도였다."

"그런데 갑자기 '전설의 고향'이란 드라마 이야기를 꺼내는 이유가 뭡니까?"

"예전과는 다른 게 보이기 때문이다."

"……?"

"귀신이 되고 나니까, 예전에 내가 즐겨 보았던 '전설의 고향'이 새롭게 다가온다는 뜻이다."

"어떻게요?"

"예전에는 '전설의 고향'을 볼 때 많이 무서웠다. 드라마에 등장하던 귀신들이 무서웠거든. 그런데 지금은 귀신들이 측은하게 느껴진다."

"역시……."

"역시 뭐냐?"

"과부 심정은 홀아비만 안다는 옛말이 틀리지 않군요."

"대충 비슷하다. 귀신이 되고 나니까 귀신의 심정을 알 것 같거든. 그들이 저승으로 떠나지 못하고 구천을 헤맸던 이유도 이제는 대충 이해가 간다."

"그 이유가 대체 뭡니까?"

"두려운 거야."

"귀신도 두려운 게 있습니까?"

"그래."

"그게 대체 뭡니까?"

이용운이 씁쓸한 목소리로 대답했다.

"잊히는 것."

*　　　　　*　　　　　*

'전설의 고향'의 주요 포맷 중 하나는 억울한 죽음을 맞이한 귀신이 자신의 원한을 풀기 위해서 구천을 헤매며 떠돌다가 살아 있는 선한 자의 도움을 받아서 원한을 풀고서 승천하는 것이었다.

당시 '전설의 고향'에 등장했던 귀신들은 피눈물을 흘리며 악귀처럼 표정을 일그러뜨리고 있었다.

그런 점들이 아직 어렸던 이용운에게는 공포심을 심어주었었는데.

이제는 달랐다.

귀신들이 피눈물을 흘리며 악귀처럼 표정을 일그러뜨리고 있었던 진짜 이유는… 잊히는 것이 두려워서였다.

내 억울한 원한을 풀지 못하면 어떻게 하지?

원한을 풀기도 전에 내가 사람들에게서 잊히게 되면 어떻게 하지?

이런 두려움들이 가슴속을 잠식하고 있었기에 구천을 헤매고 다니던 귀신들은 항상 무섭게 그려졌던 것이었다.

"그럼 선배님도 두려우신 겁니까?"

"나도… 두렵다."

"하지만……."

"해설위원 이용운이 사람들에게서 잊히는 것이 두렵다. 어쩌면 그래서 이렇게 발버둥을 치고 있는 것일지도 모르지."

박건에게서는 더 이상 대답이 돌아오지 않았다.

'입장이 다르니까.'

박건과 이용운은 상황이 달랐다.

산 자인 박건이 죽은 자인 자신의 심정까지 이해하는 것은 어려운 일이었다.

그래서 이용운이 서둘러 화제를 돌렸다.

"어쨌든 공은 쏘아 올렸다. 이제 우리가 쏘아 올린 공이 어디로 어떻게 튈지를 지켜보자꾸나."

＊　　　　＊　　　　＊

여행 가방을 부지런히 싸고 있던 아내가 윤재규에게 물었다.

"이번 출장, 몇 박 며칠이랬지?"

"…4박 5일 일정이야."

"이번엔 좀 짧네."

"그게… 8강이 아니라 4강부터 중계 일정이 잡혀서 그래. 고교 야구가 인기가 떨어져서 중계도 줄고 있거든."

윤재규가 아내의 질문에 대충 대답을 얼버무렸다.

TBN 스포츠채널과 해설위원 재계약에 실패했다는 이야기를 아직 아내에게 꺼내지 못한 상황.

아내와 한 공간에서 머무는 것이 숨이 막힐 지경이었다. 그래서 윤재규는 출장이 잡혔다는 거짓 핑계를 대고 무작정 집을 탈출할 계획을 세웠다.

그러나 거짓 핑계인 만큼 정해진 일정이 없었다.

'어디에 가 있어야 하나?'

윤재규가 출장차 자주 찾았던 지방의 모텔에 며칠 틀어박혀 있을 계획을 머릿속으로 세웠을 때였다.

"진수 말이야. 학원 하나 더 보낼까?"

아내가 첫째인 진수 이야기를 조심스럽게 꺼냈다.

"무슨 학원을 또 보내?"

"영어 학원."

"영어?"

"진수가 영어 진도를 못 따라가는 것 같아서 말이지. 사거리에 새로 생긴 영어 학원이 잘한다고 소문이 자자해서……."

"나중에."

"응?"

"출장 갔다 와서 얘기해."

윤재규가 아내의 말을 싹둑 잘랐다.

'지금 다니고 있는 학원도 끊어야 할 판국이구먼.'

윤재규가 한숨을 푹 내쉰 후, 여행 가방을 집어 들었다.

"아직 짐 덜 쌌어."

"필요한 건 가서 살게. 기차 시간 다 됐어."

짜증을 낸 후 대충 싼 여행 가방을 들고 집을 나온 윤재규가 재차 한숨을 내쉬었을 때였다.

지이잉. 지이잉.

휴대전화가 진동했다.

'누구지?'

액정에 찍혀 있는 낯선 번호를 확인한 윤재규가 고개를 갸웃한 후 통화 버튼을 눌렀다.

"여보세요?"

"윤재규 해설위원님이시죠?"

"그런데요. 누구시죠?"

"배동국입니다."

상대는 딸랑 이름 석 자만 밝혔다.

그렇지만 윤재규는 금세 상대가 누군지 알아챘다.

"TBS 스포츠채널의 배동국 CP님이 맞습니까?"

"맞아요."

단번에 정체를 알아챈 것이 마음에 든 걸까.

배동국이 흡족한 목소리로 대답했다.

"무슨 일로 제게 전화를 주셨습니까?"

"이번에 TBS 스포츠채널에서 새로운 해설위원을 모집하는데, 윤재규 해설위원님도 지원해 보시는 게 어떨까 해서요."

뜻밖의 제안을 받은 윤재규가 깜짝 놀랐다.

'진짜… 였잖아.'

"곧 TBS 스포츠채널 배동국 CP에게서 연락이 올 겁니다."

박건의 예언이 적중했던 셈이었다.

'어떻게 알았지?'

그 예언이 적중한 것에 놀람을 감추지 못하던 윤재규가 휴대전화를 움켜쥔 손에 힘을 더하며 대답했다.

"싫습니다."

그 대답이 예상 밖이기 때문일까.

지금까지 느긋하던 배동국의 목소리가 당혹스럽게 변했다.

"방금 싫다고 했습니까?"

"네."

"혹시… 다른 방송국과 계약하신 겁니까?"

"그건 아닙니다."

윤재규가 아직 계약 전이란 대답을 꺼내자 배동국이 안도의 한숨을 내쉬었다.

그런 그가 다시 물었다.

"그런데 왜 싫다는 겁니까?"

윤재규가 대답했다.

"구색만 맞추는 들러리가 되고 싶진 않습니다."

제4장

자꾸 갈증이 치밀었다. 그래서 앞에 놓인 아이스커피를 벌컥 벌컥 마시고 내려놓았을 때, 배동국이 은테 안경을 추켜올리며 앞으로 다가왔다.

"이렇게 만나주셔서 감사합니다."

그가 꺼낸 말을 들은 윤재규가 당혹스러운 감정을 느꼈다.

뻣뻣하기로 소문난 배동국 CP가 먼저 이런 이야기를 꺼낼 줄 은 몰랐기 때문이었다.

'진짜… 내가 갑인가?'

그 순간, 박건과의 통화 내용이 떠올랐다.

"배동국 CP가 하는 제안을 다 거절하십시오."

"왜 거절하라는 겁니까?"

"분명히 계약조건을 후려치려고 할 테니까요. 일단 제안을 다 거절하시고 윤재규 해설위원님이 원하시는 조건을 제시하세요."

"그러다가… 그러다가……."

"왜 그러십니까?"

"그러다가 계약에 실패할 수도 있습니다."

"그럴 일은 절대 없을 겁니다. 그러니까 안심하셔도 됩니다."

"하지만……."

"이것 하나만 기억하세요. 이번 거래에서는 윤재규 해설위원님이 갑입니다."

윤재규가 박건과의 통화 내용을 떠올리고 있을 때, 배동국이 다시 입을 뗐다.

"그런데 여행 가방은 왜 갖고 오셨습니까? 어디 여행이라도 가십니까?"

"네. 기분 전환 겸 여행을 좀 다녀올까 해서요."

"그 전에 저희 방송국과 해설위원 계약부터 하시죠. 그럼 좀 더 편한 마음으로 여행을 떠날 수 있지 않겠습니까?"

배동국이 사람 좋은 웃음을 지은 채 제안했다. 그러나 윤재규는 마주 웃는 대신 정색한 채 입을 뗐다.

"이상하네요."

"뭐가 이상하단 겁니까?"

"지난번에 저와 통화했을 당시에는 TBS 스포츠채널에서 해설위원을 모집하고 있으니 한번 지원해 보라고 말씀하셨습니다. 그런데 지금은 말이 바뀌었잖습니까?"

"그건……."

정곡을 찔린 탓일까.

배동국의 말문이 일순 막힌 순간, 윤재규가 다시 입을 뗐다.

"이상한 건 그게 다가 아닙니다. 배CP님 말씀을 듣고 TBS 스포츠채널 홈페이지에 들어가 봤습니다. 그런데 홈페이지를 아무리 뒤져봐도 해설위원을 새로 모집한다는 공고는 보이지 않았습니다. 혹시 제가 그 공고를 찾지 못했던 겁니까?"

"아닙니다."

"그럼 뭡니까?"

"그 공고는 홈페이지에 올라가지 않았습니다. 제가 막았거든요."

"왜 배CP님께서 막으신 겁니까?"

"공채가 아닌 특채로 해설위원을 채용하는 쪽으로 마음이 바뀌었기 때문입니다. 그래서 제가 윗선을 설득해서 채용 방식을 특채로 진행하게 만들었습니다. 그리고 지금 제가 윤재규 해설위원님을 만나고 있는 것은… 일종의 면접이라고 생각하시면 될 것 같습니다."

"면접이요?"

"좀 더 정확히 말씀드리면 최종 면접이죠."

배동국은 웃음기를 지우고 정색한 채 말했다.

'거짓말!'

그러나 윤재규는 속으로 코웃음을 쳤다.

원래 배동국의 계획은 공채로 해설위원을 모집하는 것이었다. 그러나 일반적인 공채와는 달랐다.

내정자가 있었기 때문이었다.

그 내정자는 바로 자신.

'전문 분야지.'

배동국이 내정자를 두고 공채 모집을 진행한 것.

이번이 처음이 아니었다. 그리고 배동국의 이런 농간에 의해 피해를 입을 이들 중에는 윤재규의 친한 친구였던 이용운도 있었다.

당시 이용운이 얼마나 절박한 심정으로 TBS 스포츠채널 경력직 해설위원 모집에 지원을 했고 면접을 봤는지를 잘 알고 있기 때문에 윤재규는 지금 마주 앉아 있는 배동국이 곱게 보이지 않았다.

어쨌든 배동국이 내정자를 두고 공채 형식으로 해설위원을 모집하는 가장 큰 이유는 계약조건이었다.

특채가 아닌 공채일 경우, 사내 규정에 따른 계약조건을 적용할 수 있었다.

즉, 특채로 채용할 때보다 계약조건을 낮출 수 있는 것이었다.

그런데 배동국이 도중에 마음을 바꾼 이유는 자신 때문이었다.

내정자인 자신이 경력 해설위원 모집 공채에 지원하지 않겠다는 의사를 밝혔기 때문에 급히 채용 방식을 바꿀 수밖에 없었던 것이리라.

"일단 계약조건부터 말씀드리겠습니다."

그런 속내를 감춘 채 배동국이 진지한 표정으로 입을 뗐다.

"계약조건은 TBN 스포츠채널 때와 같은 조건으로 맞춰 드리겠습니다. 여기 계약서를 준비해 왔으니……"

"그 전에 하나 묻고 싶은 게 있습니다."

"무엇입니까?"

"만약 제가 TBS 스포츠채널과 해설위원 계약을 맺는다면, 어떤 경기들이 배정되는 겁니까?"

계약조건 못지않게 중요한 것이 어떤 경기가 배정되는가 여부였다.

아니, 어찌 보면 연봉 등의 계약조건보다 어떤 경기의 해설위원으로 배정되는가가 더 중요할 수도 있었다.

중고교 야구 대회의 해설을 맡는 것.

한국 야구의 미래라 할 수 있는 유소년 야구 대회에서 해설을 맡는 것도 나름대로 보람은 있었다.

그러나 문제는 중고교 야구 대회에 관심을 갖는 이가 적다는 것이었다.

일단 중고교 야구 대회 방송이 거의 배정되지 않았고, 설령 배정된다고 해도 시청률이 극히 낮았다.

즉, 중고교 야구 대회에서 윤재규가 아무리 좋은 해설을 한다고 하더라도 지켜보는 이들이 적었다.

반면 프로야구 해설은 달랐다.

기본적으로 시청률이 담보되는 만큼, 해설을 듣는 이들의 수도 많았다.

그래서일까.

해설에 대한 반응도 즉각적으로 돌아오는 편이었고, 해설위원으로서 인지도를 쌓기에도 유리했다.

해설위원으로서의 미래를 감안하면 어떤 경기를 배정받는가가 무척 중요했다.

"아직 정해진 것은 없습니다."

잠시 후, 배동국에게서 대답이 돌아오기 시작했다.

"하지만 만약 TBS 스포츠채널에서 메이저리그 중계권을 따낸다면 메이저리그 경기의 해설을 맡게 될 겁니다."

'이거였구나.'

그 대답을 들은 순간, 윤재규가 마른침을 꿀꺽 삼켰다.

"재충전 기간 동안 메이저리그를 공부하십시오. 그럼 새로운 길이 열릴 겁니다."

박건이 메이저리그에 대해 공부하라는 제안을 했을 당시, 윤재규는 너무 생뚱맞다는 생각을 했었다.

그런데 박건은 괜히 그런 말을 했던 것이 아니었다.

'이래서 그때 그런 말을 했던 거구나.'

두 눈을 빛내던 윤재규가 크게 숨을 들이쉬었다.

국내 프로야구 경기 중계도 아니고 메이저리그 경기 중계를 맡게 될 거란 사실이 윤재규의 심장을 뛰게 만들었다.

그러나 아직 기뻐하기는 일렀다.

확인해야 할 것들이 더 남아 있었기 때문이었다.

"마이애미 말린스의 박건 선수 경기 중계도 배정이 됩니까?"

"그럴 예정입니다."

"단독… 입니까?"

"단독은 아닙니다. TBS 스포츠채널의 간판 해설위원이라 할 수 있는 허기원 해설위원님과 함께 해설을 맡게 될 겁니다."

'경쟁하라?'

윤재규가 고개를 끄덕였다.

허기원 해설위원과 함께 경쟁하는 것에 부담이 느껴지지는 않았다.

오히려 좋은 기회라는 생각이 들었다.

'많이 배우자. 또 내가 허기원 해설위원에게 밀리지 않는다는 것을 시청자들에게 보여주자.'

속으로 각오를 다진 후, 윤재규가 여전히 풀리지 않는 의문을 해소하기 위해서 다시 입을 뗐다.

"왜 하필 제게 이렇게 좋은 기회를 주시려는 겁니까?"

"저도 모릅니다."

"네?"

"저도 그 이유는 모르겠습니다."

윤재규가 황당한 표정을 지었다.

정작 자신을 TBS 스포츠채널 해설위원으로 영입하겠다는 의사를 밝히고 있는 당사자인 배동국이 이유를 모르겠다고 대답하는 것이 이해가 가지 않아서였다.

그때, 배동국이 다시 입을 뗐다.

"박건 선수와 어떤 관계입니까?"

"저와 박건 선수요?"

"네."

"아무 관계도 아닙니다."

윤재규가 솔직하게 대답하자, 배동국이 고개를 갸웃했다.

"진짜 아무 관계도 아닙니까?"

"그렇습니다."

"그런데 왜 그랬을까요?"

"네?"

"실은 박건 선수가 본인의 경기 중계를 맡을 해설위원으로 윤재규 해설위원을 콕 집어서 추천했습니다. 그래서 윤재규 해설위원님을 TBS 스포츠채널로 영입해서 메이저리그 경기 해설을 맡기려는 것이고요."

'그런 이유가 있었구나.'

비로소 현 상황에 대해서 이해한 윤재규가 기억을 더듬었다.

혹시 자신이 놓쳤던 부분이 있는가 여부를 확인하기 위해서였다.

그러나 아무리 기억을 더듬어봐도 박건과의 접점은 없었다.

'내 해설을 좋아한다고 했어.'

잠시 후, 그나마 가능성이 있는 근거를 찾아내는 데 성공했지만, 윤재규는 머릿속이 개운치 않았다.

'고작 그런 이유만으로 내게 이렇게 큰 기회를 준다?'

뭔가 석연치 않다는 느낌이 들어서였다.

결국 이유를 찾아내는 데 실패한 윤재규가 고개를 흔들었다.

지금 처리해야 할 더 급하고 중요한 일이 남아 있어서였다.

"아까 계약서를 준비해 오셨다고 말씀하셨죠? 일단 계약서를 보면서 계약조건을 확인해 봐도 될까요?"

"물론입니다. 확인해 보시죠."

마치 자신이 이런 제안을 하길 기다렸던 사람처럼 배동국은 서둘러 준비해 왔던 계약서를 앞으로 내밀었다.

서류 봉투에서 계약서를 꺼낸 윤재규가 대충 살펴보았다.

'예상대로네.'

그 계약서를 살피던 윤재규의 입가로 희미한 미소가 떠올랐다.

마치 뒷조사라도 한 것처럼 계약서에 적혀 있는 계약조건은 TBN 스포츠채널 해설위원으로 일할 당시의 계약조건과 흡사했다.

"만족하십니까?"

그때, 배동국이 질문했다.

그는 자신의 입가에 떠올라 있는 미소를 보고 만족한 것이라고 판단한 듯 보였다.

그러나 그건 오판이었다.

"물론 만족하지 못합니다."

"네?"

"대충 제게 하실 말씀은 끝나신 거죠?"

"네."

"그럼 이제 제 차례인 것 같네요."

"무슨 말씀이신지……?"

"혹시나 해서 제가 바라는 계약조건을 준비해 왔습니다."

윤재규가 바라는 계약조건이 적혀 있는 메모지를 넣어둔 주머니로 오른손을 넣었다.

그러나 바로 메모지를 꺼내지 못하고 머뭇거렸다.

'진짜 이래도… 되나? 이러다가 계약이 무산되면 어쩌지?'

마지막까지 남아 있던 불안감이 윤재규를 머뭇거리게 만든 것이었다.

'이미 내친걸음.'

그러나 결국 윤재규는 주머니에서 메모지를 꺼내서 배동국에게 내밀었다.

"확인해 보시죠."

배동국이 살짝 당황한 기색으로 그 메모지를 건네받았다. 그리고 메모지에 적힌 조건들을 확인하던 배동국의 표정이 딱딱하게 굳어졌다.

"이건… 너무 과하다고 생각하지 않소?"

잠시 후 배동국이 언짢은 목소리로 물었다. 그러나 윤재규는 물러나지 않았다.

"저는 과하다고 생각하지 않습니다. 이 정도 조건을 요구할 자격이 있다고 생각합니다."

"하지만……."

"이 조건들을 수용하는 것이 어렵다면… 어쩔 수 없죠."

"어쩔 수 없다는 게 무슨 말이오?"

"TBS 스포츠채널과의 계약은 없던 일로 하겠습니다."

그 말을 꺼낸 후 윤재규가 미련 없이 일어났다. 그리고 빙글 몸을 돌려 걸음을 옮기던 윤재규가 속으로 바랐다.

'잡아라, 어서 잡아라.'

그 간절한 바람이 통했다.

"잠시만요."

윤재규가 다섯 걸음째를 뗐을 때, 배동국이 입을 뗐다.

"아직 얘기 안 끝났습니다."

"더 할 이야기가 남아 있습니까?"

빙글 몸을 돌린 윤재규가 애써 흥분을 누르며 질문하자, 배동국이 대답했다.

"아직 할 이야기가 남았습니다."

"무엇입니까?"

"이 조건들을 모두 수용하겠습니다."

내심 원하고 있던 대답이 돌아온 순간, 윤재규가 떠올린 것은 아내의 얼굴이었다.

'여보, 진수 영어 학원 안 보내도 되겠어.'

윤재규가 내걸었던 조건 중 하나는 가족들과 함께 지낼 수 있는 미국의 숙소.

그 조건이 마련됐으니 아이들도 미국에 갈 수 있게 된 셈이었다.

그러니 따로 영어 학원에 보낼 필요가 없어진 것이었고.

'많이 좋아하겠네.'

이 소식을 전해 들으면 무척 기뻐할 아내의 모습이 그려졌다.

그래서 윤재규가 환하게 웃으며 속으로 생각했다.

'백수 탈출. 그리고… 이제부터 많이 바빠지겠네.'

　　　　　*　　　　　*　　　　　*

　쪼오옥.

　방송국 앞 카페에 앉아 있던 채선경이 스마트폰을 꺼냈다.

　너튜브에 접속한 채선경이 '박건 수훈 선수 인터뷰'를 검색했
다.

　잠시 후, '박건 수훈 선수 인터뷰' 영상의 조회수가 오백만 회
를 돌파했다는 사실을 확인한 채선경이 두 눈을 빛냈다.

　"그새 백만이나 늘었네."

　채선경은 이미 박건의 수훈 선수 인터뷰 영상을 찾아보았다.

　당시 영상의 조회수는 50만 회 정도였다.

　그로부터 불과 하루도 지나지 않았는데 영상의 조회수는 열
배 넘게 늘어나 있었다.

　이것이 박건이 했던 수훈 선수 인터뷰에 대한 대중들의 관심
이 지대하다는 증거.

　채선경이 조회수를 확인한 후, 영상을 재생시켰다.

　이미 보았던 영상이었지만, 채선경은 잔뜩 집중한 채 영상을
바라보았다. 그리고 영상 말미, 이제는 마이애미 말린스 소속
선수인 박건에게 뉴욕 메츠 홈 팬들이 기립 박수를 보내는 장
면을 응시하던 채선경이 눈시울이 붉게 달아올랐다.

　"주책이야."

　채선경이 소매로 눈가를 찍어 누른 후, 예전 박건과의 인연을

떠올렸다.

"250만 달러가 마지노선입니다. 메이저리그 구단에서 저를 영입하기 위해서 입찰한 금액이 250만 달러 미만이라면, 저는 메이저리그에 진출하지 않기로 결심했습니다. 입찰액이 250만 달러 미만이라면 제 가치를 제대로 인정받지 못하는 것이라고 판단하기 때문입니다."

채선경이 진행하는 프로그램인 '너와 나, 우리의 야구'에 게스트로 출연했던 박건이 꺼냈던 이야기였다.

당시만 해도 채선경은 박건의 자신감이 너무 과하다고 생각했다. 그리고 박건을 영입하기 위해서 포스팅 비용으로 250만 달러 이상의 거액의 입찰하는 메이저리그 구단이 없을 것이라고 예상했었는데.

채선경의 예상은 보기 좋게 빗나갔다.

뉴욕 메츠 구단이 301만 달러의 포스팅 비용을 입찰하며 박건은 메이저리그 진출에 성공했다.

그뿐이 아니었다.

올 시즌 초반 새로운 리그인 메이저리그 적응에 어려움을 겪으면서 극심한 부진에 빠졌던 박건은 트레이드를 통해 마이애미 말린스로 이적한 후, 언제 부진했냐는 듯 맹활약을 펼치고 있었다. 그리고 채선경도 박건의 맹활약을 지켜보는 것에 기뻐하는 그의 팬 중 한 명이 됐다.

"아직 밥도 못 샀네."

당시 '너와 나, 우리의 야구'에 출연했던 박건은 식사 내기를 제안했었다.

250만 달러 이상의 포스팅 금액을 제시하는 메이저리그 구단이 있으면 박건이 승자가 되는 내기였다. 그리고 뉴욕 메츠 구단이 301만 달러를 포스팅 금액으로 제시했으니 박건이 내기의 승자가 됐었다.

즉, 채선경은 박건에게 식사를 대접해야 하는 빚이 있는 셈.

그렇지만 아직 그 빚을 갚지 못했다는 사실이 퍼뜩 떠오른 것이었다.

"기회가… 있을까?"

채선경이 쓴웃음을 머금었다.

내기를 할 당시와 지금, 박건의 위상은 또 달라져 있었다.

이제는 박건이 자신의 손에 닿을 수 없을 정도로 멀고도 높은 위치로 떠나가 버린 느낌이랄까.

어쨌든 식사 대접을 못 했다는 것으로 인해 미안한 표정을 짓고 있던 채선경이 다시 휴대전화를 집어 들었다. 그리고 '너와 나, 우리의 야구'의 시청률을 확인하던 채선경의 표정이 어둡게 변했다.

"또… 떨어졌네."

작년과 올해, '너와 나, 우리의 야구'에 달라진 점은 없었다.

포맷도 같았고, 출연진도 그대로였다.

그럼에도 불구하고 '너와 나, 우리의 야구'의 시청률은 작년에 비해서 0.5%가량 떨어졌다. 그리고 '너와 나, 우리의 야구'의 시청률이 하락한 원인은 동 시간대 경쟁 프로그램인 '아이 라이크 베이스볼' 때문이었다.

한때 저조한 시청률로 인해 폐지설까지 나돌았던 '아이 라이크 베이스볼'은 올해 극적으로 반등에 성공했다.

그 반등의 계기는 아나운서 교체였다.

원래 '아이 라이크 베이스볼'을 진행했던 최희영 아나운서를 고유리 아나운서로 교체한 후, '아이 라이크 베이스볼'의 시청률은 수직 상승했다.

서구적 마스크와 볼륨 있는 몸매가 무기인 고유리 아나운서의 미모가 야구팬들 사이에 입소문이 퍼졌기 때문이었다.

"결국… 나 때문이지."

'너와 나, 우리의 야구'와 '아이 라이크 베이스볼'.

어차피 포맷은 흡사했다. 그러니 시청률의 차이가 발생하는 원인으로 꼽을 수 있는 것은 프로그램을 진행하는 여성 아나운서였다.

'노출!'

허벅지가 다 드러나는 짧은 미니스커트를 입고 진행하는 고유리 아나운서와 달리 채선경은 주로 무릎까지 내려오는 원피스를 착용하는 것을 고집했다.

'여성 스포츠 아나운서의 무기는 노출이 아니라 실력이다.'

이런 신념을 갖고 있었기 때문이었다.

물론 '너와 나, 우리의 야구'가 시청률이 하락하자, 윗선에서는 좀 더 노출이 심한 의상을 착용하라는 압력을 가했다.

그렇지만 채선경은 고집을 꺾지 않았다.

"머잖아… 다른 일을 알아봐야 할 수도 있겠네."

스포츠 아나운서의 길로 접어들었을 때만 해도 최고가 되고 싶다는 욕심이 있었다.

그러나 스포츠 아나운서로서의 실력보다 노출이 더 중요시되고 있는 지금 채선경은 꿈을 잃어버렸다.

그때였다.

지이잉. 지이잉.

전화가 걸려왔다.

배동국에게 걸려온 전화임을 확인한 채선경의 낯빛이 창백하게 질렸다.

'교체 통보.'

노출이 심한 의상을 착용하는 것을 끝까지 거부하고 있는 자신을 대신해 다른 아나운서에게 '너와 나, 우리의 야구'의 진행을 맡기겠다는 통보를 하기 위해서 배동국이 전화를 건 것이란 직감이 들었기 때문이었다.

"후우."

채선경이 숨을 크게 내쉰 후, 전화를 받았다.

"여보세요?"

수화기 너머로 배동국의 목소리가 들려왔다.

"지금 나 좀 보지."

*   *   *

약속 장소인 한정식집에 먼저 도착한 채선경이 손거울을 꺼냈다.

"표정 관리 잘하자."

설령 배동국이 '너와 나, 우리의 야구' 아나운서 교체 통보를 하더라도, 절대 눈물을 보이지 않고 담담한 표정으로 상황을 받아들이자.

이렇게 단단히 각오를 다지고 나온 채선경이 손거울을 보며 표정 관리 연습을 하고 있을 때, 드르륵 문이 열리고 배동국이 룸 안으로 들어섰다.

"좀 늦었어. 미안."

"괜찮습니다."

"배 많이 고파?"

"아니요."

"그럼 식사하기 전에 얘기부터 끝내자고."

"네."

마침내 올 게 왔구나 하는 생각에 채선경이 물컵을 들어 한 모금 마셨을 때, 배동국이 바로 본론을 꺼냈다.

"'너와 나, 우리의 야구'에서 하차해."

불길한 예감은 빗나가지 않았다.

배동국이 '너와 나, 우리의 야구'의 아나운서 교체를 통보한 순간, 채선경이 지그시 입술을 깨물었다.

절대 울지 않으려고 했는데.

또, 표정 관리를 잘하겠다고 결심했는데.

채선경의 계획은 어그러졌다.

왈칵하고 눈물이 쏟아졌다.

오랫동안 진행했던 프로그램인 '너와 나, 우리의 야구'에 대한 애정이 워낙 컸기 때문이었다.

이제 더 이상 '너와 나, 우리의 야구'를 녹화하는 스튜디오에 설 수 없단 생각이 들자 서운함이 물밀듯이 밀려들었다.

"왜 울어?"

"그게… 죄송합니다."

"많이 아쉬워?"

"네? 네."

"너무 아쉬워할 필요 없어. 더 좋은 기회가 있을 테니까."

'정말… 더 좋은 기회가 올까?'

채선경은 배동국의 말이 진행자 교체 통보를 받고 실망한 자신을 위로하기 위해서 의례적으로 꺼낸 말이라고 판단했다.

그래서 한 귀로 듣고 한 귀로 흘렸을 때였다.

"대신 '투데이 메이저리그' 진행을 맡아."

배동국이 한마디를 더했다.

"방금 뭐라고 하셨어요?"

"'너와 나, 우리의 야구'에서 하차한 후에 '투데이 메이저리그'라는 프로그램의 진행을 맡으라고 했어."

'투데이 메이저리그?'

채선경이 재빨리 기억을 더듬었다. 그렇지만 TBS 스포츠채널에서 방송하는 프로그램 중에 '투데이 메이저리그'라는 프로그램은 없었다.

해서 채선경이 의아한 시선을 던지자, 배동국이 설명을 덧붙였다.

"이번에 새로 론칭하는 신규 프로그램이야."

'그래서 몰랐구나.'

그 설명을 듣고서 채선경은 '투데이 메이저리그'라는 프로그램에 대해서 자신이 알지 못했던 것을 납득했다.

그런 그녀가 잠시 후 두 눈을 빛냈다.

'투데이 메이저리그'라는 프로그램명을 통해서 신규 프로그램이 메이저리그 소식을 전하는 프로그램이라는 것을 추측할 수 있었다.

"혹시 TBS 스포츠채널에서 메이저리그 중계권을 따낸 건가요?"

"거의 따냈어."

채선경이 알고 있는 배동국은 신중한 성격이었다.

그가 이렇게 말하는 것은 메이저리그 중계권을 TBS 스포츠 채널에서 따낼 확률이 무척 높다는 뜻이었다.

그 순간, 채선경은 또 한 가지 의문을 느끼고 질문했다.

"왜 제게 '투데이 메이저리그'의 진행을 맡기시려는 겁니까?"

"왜? 맡기 싫어?"

"그런 뜻은 아닙니다."

채선경이 황급히 대답했다.

배동국이 언급한 '투데이 메이저리그'라는 프로그램.

'너와 나, 우리의 야구'나 '아이 라이크 베이스볼' 같은 프로그램들과는 달랐다.

포맷이 전혀 다를 것이었고, 비슷한 포맷의 경쟁 프로그램도 없을 것이었다.

메이저리그 중계권을 TBS 스포츠채널만 단독으로 따낼 것이기 때문이었다.

즉, 노출이 아닌 실력으로 승부할 수 있는 프로그램이라는 뜻이었다.

'내가 진행을 맡고 싶다.'

채선경의 입장에서는 저절로 좋은 기회가 굴러 들어온 셈이었다.

해서 채선경이 '투데이 메이저리그'의 진행에 욕심을 품었을 때였다.

"박건이야."

배동국이 불쑥 박건의 이름을 꺼냈다.

"네?"

"박건의 요구가 있었어."

"……?"

"나는 박건의 단독 인터뷰를 '투데이 메이저리그'에서 진행할 계획을 세우고 추진하고 있었어. 그래서 박건과 접촉해서 협의를 할 당시, 박건의 요구 조건이 자네였어."

"그게 무슨 말씀이세요?"

"자네가 진행하는 프로그램에서 단독 인터뷰를 진행하겠다. 이걸 박건이 요구하더군."

"그럼……?"

"박건이 갑이고, 내가 을이야. 그리고 힘없는 을인 내겐 그 요구 조건을 거절할 힘이 없었지."

'박건 덕분에 '투데이 메이저리그' 프로그램의 진행을 맡게 될 수 있었다?'

비로소 자신이 TBS 스포츠채널에서 새로 론칭할 신규 프로그램 '투제이 메이저리그'의 진행자로 발탁된 이유를 알게 된, 채선경이 깜짝 놀랐을 때였다.

"왜 하필 자네인지 물었더니, 박건이 자네 팬이기 때문이라고 대답하더군."

배동국이 이유를 덧붙였다.

'저도 팬입니다.'

박건만 자신의 팬이 아니었다.

채선경 역시 박건의 팬이었다.

'다시… 기회가 찾아왔다.'

그리고 박건 덕분에 다시 새로운 기회가 찾아온 순간, 채선경이 정말 잘하겠다는 각오를 다졌다.

그때, 배동국이 다시 입을 뗐다.

"오늘 밥은 자네가 사게."

"네?"

"내기에서 이겨서 자네에게 밥 한번 얻어먹을 빚이 있다. 그런데 아무래도 자기가 밥을 얻어먹긴 힘들 것 같으니, 나더러 대신 얻어먹으라고 박건이 말하더군. 아무래도 갑질을 해서 미안했나 봐."

'잊지 않고 있었네.'

채선경과 마찬가지로 박건 역시 당시에 했던 내기를 잊지 않고 있었다.

또, 그 내기에서 이겨서 밥을 얻어먹을 빚이 있다는 사실도 잊지 않고 기억하고 있었다.

"오늘 식사, 기꺼이 제가 대접하겠습니다."

채선경이 배동국에게 말한 후 속으로 생각했다.

'박건 선수와의 약속은 여전히 유효합니다. 언제 가능할지는 몰라도 제가 꼭 식사를 대접하겠습니다.'

*   *   *

―멀리서나마 박건 선수를 응원하고 있습니다. 저도 박건 선수의 팬이거든요. 그리고… 많이 바쁠 텐데 여러모로 신경 써 주셔서 감사합니다.

"채선경 아나운서에게서 까까오톡 메시지가 왔습니다."

박건이 휴대전화에서 시선을 떼지 못한 채 상기된 목소리로 말했다.

"굳이 그렇게 알려주지 않아도 나도 알고 있다. 같이 보고 있으니까."

채선경이 보낸 메시지 내용을 확인한 이용운이 희미한 웃음을 머금었다.

메시지를 읽고 또 읽는 박건의 입가에 함박웃음이 피어 있는 것을 확인했기 때문이었다.

'부럽구나.'

박건의 젊음이 부러웠다.

또, 박건이 살아 있는 것이 부러웠다.

'모솔도 해결해 주고 가야 해.'

이제는 파트너를 넘어 자식처럼 느껴지는 박건이었다.

그래서 야구뿐만 아니라 연애 문제도 해결해 주고 싶었다.

그리고 이것이 배동국과 통화할 때, 채선경 아나운서가 진행하는 프로그램에서만·단독 인터뷰를 진행하겠다는 조건을 내걸라고 지시했던 이유였다.

"띠리링. 호감도가 1 상승했습니다."

이용운이 웃으며 말하자, 박건이 긴장한 표정으로 물었다.

"정말 호감도가 상승했을까요?"

"확실하다. 이번 기회에 후배의 배려를 깨달았을 테니까."

"다행이네요."

환하게 웃고 있는 박건에게 이용운이 충고했다.

"이제 야구하자."

"그래야죠."

"그런데… 이제부터는 야구가 어려워질 것이다."

＊　　　　＊　　　　＊

'야구가… 어려워질 거라고?'

이용운이 꺼낸 말을 들은 박건이 의아한 표정을 지었다.

박건이 이적한 후, 마이애미 말린스는 무려 11연승을 거두었다. 그리고 결과가 좋으니 박건도 신나게 야구를 했다.

지금의 분위기라면 앞으로도 계속 경기에서 질 것 같지 않다는 생각을 내심 갖고 있었는데.

이용운은 이제부터 야구가 어려워질 거라고 말했다.

"고작 그 정도 복수로는 내 성에 차지 않는다. 일단 숨을 붙여 둔 채로 지옥을 경험하게 해줄 것이다."

그 이야기를 들은 순간, 박건은 얼마 전에 이용운이 서늘한 목소리로 꺼냈던 이야기가 퍼뜩 떠올랐다.

당시 이용운은 악연으로 얽힌 배동국에게 지옥을 경험하게 해줄 것이라고 말했었다.

그러나 현재까지 이용운의 행보만 놓고 보면, 복수와는 한참 거리가 멀었다.

오히려 배동국을 도와주고 있는 셈이었다.

'어떻게 지옥을 경험하게 해주려는 거지?'

그 부분에 대해서 고민하던 박건이 딱딱하게 표정을 굳혔다.

퍼뜩 떠오른 생각 때문이었다.

"마이애미 말린스가 연패에 빠진다는 뜻입니까?"

박건이 조심스럽게 질문하자, 이용운이 대답했다.

"그럴 가능성이 무척 높다."

"연패에 빠지는 이유는요?"

"한계에 봉착했으니까."

"……?"

"허니문 기간이 끝났으니 이제 본격적으로 부부 싸움이 시작 될 것이다."

마이애미 말린스 VS 샌프란시스코 자이언츠.

11연승을 달리고 있는 마이애미 말린스의 다음 상대는 샌프란시스코 자이언츠였다.

〈마이애미 말린스 선발 라인업〉

1. 브라이언 마일스.

2. 피터 알론소.

3. 폴 잭슨.

4. 박건.

5. 커티스 그랜더슨.

6. 브라이언 할리데이.

7. 이안 카스트로.

8. 닐 워커.

9. 헥터 노에사.

Pitcher. 헥터 노에사.

경기 전, 조 매팅리 감독이 발표한 선발 라인업은 박건의 예상대로 변화가 없었다.

─팀이 연승을 달릴 때는 선발 라인업에 변화를 주면 안 된다.

야구계의 격언 중 하나였다.

마이애미 말린스는 11연승을 달리고 있는 상황.

그래서 조 매팅리 감독은 야구계의 격언대로 선발 라인업에 변화를 주지 않은 것이었다.

'질 것 같지 않아.'

이용운은 마이애미 말린스의 연승 행진이 끝나고 연패의 늪에 빠질 거라고 예상했다.

그렇지만 박건의 생각은 여전히 변함이 없었다.

무서운 상승세를 타고 있는 지금의 마이애미 말린스는 어떤 상대를 만나더라도 패하지 않을 거란 확신이 있었다.

1회 초 샌프란시스코 자이언츠의 공격.

슈아악.

헥터 노에사는 초구로 직구를 구사했다.

초구 스트라이크를 잡기 위해서 던진 몸쪽 직구가 홈플레이트를 통과할 때 샌프란시스코 자이언츠의 1번 타자 알렉스 디커슨의 배트가 매섭게 돌아갔다.

따악.

경쾌한 타격음이 흘러나온 순간, 우익수인 피터 알론소가 몸을 돌려 펜스 쪽으로 달려가기 시작했다. 그러나 피터 알론소는 얼마 지나지 않아 멈춰 섰다.

알렉스 피터슨의 타구를 잡을 수 없다는 사실을 알았기 때문이었다.

툭.

예상대로 알렉스 피터슨의 타구는 관중석 중단에 떨어지는 큰 홈런이 됐다.

0—1.

알렉스 피터슨의 선두타자 홈런이 나오면서 샌프란시스코 자이언츠가 선취점을 올렸다.

"한 점은 괜찮아."

말 그대로 불의의 일격을 당한 상황이었다. 그리고 한 점의 격차는 얼마든지 따라붙을 수 있다고 박건은 판단했다.

하지만 상황은 더욱 악화됐다.

슈악.

"볼넷."

알렉스 피터슨에게 불의의 일격을 당한 여파일까.

샌프란시스코의 2번 타자인 에반 롱고리아를 상대하던 헥터 노에사는 스트레이트볼넷을 허용했다.

슈악.

딱.

다행인 것은 3번 타자인 브래드 벨트에게 내야땅볼을 유도해 냈다는 점이었다.

'병살플레이!'

땅볼타구의 코스가 유격수 정면으로 향하는 것을 확인한 박건은 머릿속으로 6—4—3으로 이어지는 병살플레이를 떠올렸다. 그러나 결과는 박건의 예상과 달랐다.

타구를 포구한 유격수 폴 바셋은 2루가 아닌 1루로 송구했다.

런앤드히트(Run and Hit) 작전이 걸린 탓에 1루 주자 에반 롱고리아를 2루에서 잡아내기에는 늦었다고 폴 바셋이 판단했던 것이었다.

1사 2루 상황에서 헥터 노에사는 4번 타자 버스터 포지를 넘지 못했다.

슈악.

따악.

버스터 포지는 헥터 노에사의 4구째 슬라이더를 밀어 쳐서 1루 측 라인 선상 안쪽에 떨어지는 1타점 적시 2루타를 만들어냈다.

0—2.

점수 차가 두 점으로 벌어진 순간, 박건의 표정이 심각해졌다.

"여기서 막아내야 하는데."

박건이 마운드 위에 서 있는 헥터 노에사에게 불안한 시선을 던졌다.

슈아악.

딱.

다행히 헥터 노에사는 5번 타자 조 매카시를 내야플라이로 잡아내며 아웃카운트를 하나 더 늘리는 데 성공했다. 그렇지만 2사 2루 상황에서 타석에 들어선 6번 타자 브랜든 크로포드에게 또 한 번 적시타를 허용했다.

0—3.

점수 차가 석 점으로 벌어진 순간, 박건이 더욱 심각해진 표정으로 혼잣말을 꺼냈다.

"역전할 수 있을까?"

*   *   *

2회 말 마이애미 말린스의 공격.

샌프란시스코 자이언츠의 선발투수는 팀의 2선발인 트레버 고트.

타석을 향해서 걸어가던 박건의 표정은 여전히 심각했다.

'무기력했어.'

1회 초에 3실점을 허용했던 상황.

가장 좋은 시나리오는 1회 말 공격에서 추격점을 올리는 것이었다.

그렇지만 마이애미 말린스는 1회 말 공격에서 삼자범퇴를 당했다. 그리고 더그아웃과 대기타석에서 트레버 고트와 상대하던 브라이언 마일스와 피터 알론소, 폴 바셋의 모습을 지켜보았던 박건이 떠올린 생각은 너무 무기력하다는 것이었다.

'트레버 고트의 구위가 그만큼 뛰어났을 수도 있지.'

박건이 타석에 들어선 후, 트레버 고트를 바라보았다.

올해 메이저리그 3년 차인 젊은 투수인 트레버 고트는 지난 시즌에 11승을 올리며 선발투수로서의 능력을 증명했다. 그리고 올 시즌에도 좋은 활약을 펼치고 있었다.

8승 3패, 평균자책점 3.13.

3점대 초반의 준수한 평균자책점을 기록하며 두 자릿수 승수를 거두는 것을 목전에 두고 있었다.

'브레이킹볼!'

박건이 평소처럼 대충 수 싸움을 했다. 그리고 트레버 고트가 자신을 상대로 브레이킹볼 계열의 공을 초구로 던질 거라고 예상한 이유는 1회 말의 볼배합이었다.

트레버 고트의 가장 큰 무기는 직구.

평균 구속 97마일의 직구는 위력적이었고 볼끝의 움직임도 좋았다.

"트레버 고트는 경기 초반부터 직구 위주의 피칭을 가져갈 것이다. 직구에 포커스를 맞춰서 공략해야 한다."

그래서일까.

마이애미 말린스의 전력 분석 팀은 트레버 고트의 직구를 경기 초반부터 적극적으로 공략해야 한다는 의견을 내놓았다. 그러나 정작 트레버 고트는 1회 말 수비에서 직구 위주의 피칭을 가져가지 않았다.

1번 타자 브라이언 마일스부터 3번 타자 폴 바셋을 상대하는 과정에서 트레버 고트는 단 하나의 직구만 구사했다.

예상을 깨고 철저하게 브레이킹볼 위주의 피칭을 펼쳤다.

'그게 무력하게 물러났던 이유 중 하나야.'

박건은 이미 트레버 고트가 전력 분석 팀의 예상과 달리 브레이킹볼 위주의 피칭을 한다는 사실을 확인했다.

게다가 박건의 타격감은 절정인 상황.

트레버 고트는 자신을 마이애미 말린스에서 가장 위협적인 타자라고 판단하고 있을 것이었다.

이것이 트레버 고트가 초구로 직구가 아닌 브레이킹볼 구사할 것이라고 판단한 이유.

슈악.

그런 박건의 예상은 적중했다.

트레버 고트는 초구로 바깥쪽 슬라이더를 구사했다.

'스트라이크존에 살짝 걸치는 슬라이더.'

박건이 지체 없이 배트를 휘둘렀다.

딱.

배트 끝부분에 걸린 탓에 둔탁한 타격음이 흘러나왔다. 그러나 박건의 타구는 2루수의 키를 살짝 넘기며 우전안타가 됐다.

오늘 경기 마이애미 말린스의 첫 안타를 때려내는 데 성공했지만, 박건은 만족하는 대신 고개를 갸웃했다.

'내 예상보다 더 휘었어.'

박건이 예상했던 것보다 트레버 고트가 구사한 슬라이더는 마지막 순간에 더 많이 휘어져 나갔다.

그로 인해 배트 중심이 아니라 배트 끝부분에 공이 맞았던 것이었다.

팡. 팡.

정타를 허용하지 않았음에도 박건에게 안타를 빼앗긴 트레버 고트는 주먹으로 글러브를 때리며 아쉬움을 드러냈다.

그러나 그도 잠시, 트레버 고트는 아쉬운 기색을 지우고 다시 투구에 집중하기 시작했다.

슈악.

트레버 고트가 마이애미 말린스의 5번 타자인 커티스 그랜더슨을 상대로 선택한 초구는 바깥쪽 슬라이더였다.

'또… 바깥쪽 슬라이더?'

아까 자신에게 첫 안타를 허용했던 바깥쪽 슬라이더를 커티스 그랜더슨을 상대로 초구로 다시 구사한 것을 확인한 박건이 두 눈을 빛냈다.

'무모해.'

커티스 그랜더슨은 노련한 타자.

트레버 고트가 바깥쪽 슬라이더를 구사할 것을 예상하고 노려 쳤다.

딱.

그러나 노림수가 적중했음에도 불구하고 커티스 그랜더슨의 타구는 정타가 되지 못했다.

내야땅볼을 유격수가 포구해서 빠르게 2루로 송구했다. 그리고 1루 주자인 박건을 잡아낸 2루수가 바로 1루로 송구했다.

'살아라.'

타자주자인 커티스 그랜더슨만이라도 1루에서 아웃되지 않길 바랐는데.

"아웃."

박건의 바람은 이루어지지 않았다.

접전 상황이었지만, 1루심은 단호하게 아웃을 선언했다.

커티스 그랜더슨이 6-4-3으로 이어지는 병살타를 때리면서 마이애미 말린스의 득점 찬스는 무산됐다. 그리고 5번 타자인 브라이언 할리데이가 삼진으로 물러나면서 마이애미 말린스의 2회 말 공격은 득점 없이 끝이 났다.

제5장

0—4.

샌프란시스코 자이언츠가 3회 초 공격에서 추가점을 올리며 점수 차는 넉 점으로 벌어진 채 5회가 시작됐다.

5회 초의 첫 타자는 샌프란시스코 자이언츠의 8번 타자 크리스 쇼.

헥터 노에사는 크리스 쇼와 풀카운트 승부를 펼쳤다.

슈아악.

헥터 노에사가 6구째로 던진 공은 바깥쪽 직구.

그러나 스트라이크존을 크게 벗어났다.

"볼넷."

선두타자인 크리스 쇼에게 헥터 노에사가 사사구를 허용한 순간, 샌프란시스코 자이언츠의 게이브 케플러 감독은 투수인 트레버 고트에게 희생번트 작전을 지시했다.

슈악.

틱. 데구르르.

트레버 고트가 침착하게 희생번트를 성공시키며 1사 2루로 상황이 바뀌었다. 그리고 헥터 노에사는 알렉스 디커슨에게 사구를 던졌다.

'제구가 안 돼.'

고통을 참고 1루로 걸어 나가는 알렉스 디커슨을 지켜보던 박건이 우려 섞인 표정을 지었다.

5회 초가 되자, 헥터 노에사는 갑자기 제구 난조에 빠졌다.

안타를 허용하지 않았음에도 사사구와 사구로 1사 1, 2루의 실점 위기를 자초한 것이 헥터 노에사의 제구가 흔들린다는 증거였다.

'더 실점하면… 오늘 경기는 어렵다.'

마이애미 말린스 타자들은 트레버 고트에게 꽁꽁 묶여 있었다.

만약 점수 차가 더 벌어진다면 오늘 경기를 역전하는 것이 어렵다고 판단한 박건의 표정이 어둡게 변했을 때였다.

슈아악.

따악.

2번 타자 에반 롱고리아가 헥터 노에사의 3구째 슬라이더를 제대로 받아 쳤다.

'빠졌다.'

투수의 곁을 스치고 지나간 에반 롱고리아의 타구가 외야로 빠져나가며 추가 실점을 허용했다고 박건이 판단했을 때였다.

유격수인 폴 바셋이 몸을 던지며 타구를 막아냈다.

툭.

글러브 끝에 맞고 바닥을 구르는 공을 벌떡 일어나며 다시 잡아낸 폴 바셋이 1루로 재빨리 송구했다.

"아웃."

간발의 차로 타자주자를 잡아내는 데 성공한 순간, 박건이 안도의 한숨을 내쉬었다.

폴 바셋의 호수비는 추가 실점을 허용하는 것을 막아냈을 뿐만 아니라, 아웃카운트도 하나 더 늘렸다.

'이가 없으면 잇몸으로 버틴다.'

일전에 이용운이 했던 말이 새삼 가슴에 와닿는 느낌이었다. 그리고 폴 바셋의 호수비로 인해 제구에 어려움을 겪던 헥터 노에사가 다시 안정을 찾기를 바랐는데.

박건의 바람과 달리 헥터 노에사는 안정을 찾지 못했다.

슈악.

"볼."

3볼 1스트라이크에서 던진 5구째 슬라이더는 스트라이크존을 크게 벗어났다.

3번 타자 브래드 벨트가 볼넷으로 출루하며 다시 2사 만루로 상황이 바뀌었다.

'헥터 노에사로는 어렵다.'

이렇게 판단한 박건이 더그아웃 쪽을 살폈다.

조 매팅리 감독이 투수 교체 결단을 내리고 마운드로 방문하는 모습을 기대했는데.

그는 움직이지 않았다.

2사 만루 상황에서 타석에 들어선 것은 샌프란시스코 자이언츠의 4번 타자 버스터 포지.

'막아야 하는데.'

박건이 긴장하고 있을 때, 헥터 노에사가 초구를 던졌다.

슈아악.

포수는 바깥쪽 낮은 코스에 미트를 갖다 대고 있었다. 그러나 헥터 노에사가 던진 직구는 가운데로 몰렸다.

'실투!'

박건이 당황했을 때, 버스터 포지가 힘껏 배트를 돌렸다.

따악.

묵직한 타격음이 울려 퍼진 순간, 박건의 두 다리에 힘이 풀렸다. 그리고 다리에 힘이 풀린 것은 박건만이 아니었다.

마운드에서 버스터 포지를 상대하던 헥터 노에사도 다리에 힘이 풀려서 주저앉았다.

'넘어갔다.'

맞는 순간, 홈런임을 직감할 수 있었던 큰 타구는 예상대로 관중석 중단에 떨어지는 만루홈런이 됐다.

0─8.

순식간에 8점 차로 격차가 벌어진 순간, 박건은 오늘 경기를 패했다는 사실을 깨달았다.

"어쩌다가… 이렇게 됐지?"

박건이 망연자실한 표정으로 혼잣말을 중얼거린 순간, 이용운이 입을 뗐다.

"이게 정상이다."

"……?"

"마이애미 말린스는 원래 약팀이니까."

＊　　　＊　　　＊

최종 스코어 0─13.

마이애미 말린스는 영봉패를 당했다.

변명의 여지 없는 대패를 당하며 마이애미 말린스의 연승 행진은 허무하게 끝이 났다. 그리고 2차전의 양상도 크게 다르지 않았다.

선발투수인 네이션 뷸러가 경기 초반에 와르르 무너졌고, 마이애미 말린스는 제대로 된 반격도 하지 못했다.

최종 스코어 1─7.

1차전과 다른 점이라면 영봉패를 면했다는 것 정도.

"마법이 끝난 느낌이야."

11연승 행진이 끝난 후 무기력하게 2연패를 당한 상황. 박건은 마법이 끝났다는 느낌을 받았다.

비록 마이애미 말린스는 무력한 패배를 당했지만, 박건의 타격 성적은 나쁘지 않았다.

1차전에서는 4타수 2안타.

2차전에서는 4타석 3타수 1안타 1볼넷.

절정의 타격감을 이어간 셈이었다. 그러나 차이가 발생한 것은 박건이 타석에 들어서서 안타를 기록할 때, 루상에 주자가 없었다는 부분이었다.

그로 인해 박건은 두 경기에서 3안타를 때려냈음에도 불구하고 타점을 올리지 못했다. 그리고 박건은 안타를 때려내고 출루했음에도 불구하고 득점도 올리지 못했다.

후속 타자들이 부진하며 득점 찬스를 살리지 못했기 때문이었다.

"너무 심란해할 것 없다."

박건을 위로할 요량인 듯 이용운이 말했다.

"하지만……."

"원래 마이애미 말린스는 약팀이니까."

이용운이 덧붙인 이야기를 들은 박건은 반박하지 못했다.

지난 두 경기에서 무력하게 패했던 마이애미 말린스의 경기력은 형편없었다.

'대체 어떻게 11연승을 거뒀던 거지?'

마이애미 말린스가 연승 행진을 거두는 동안 주역으로 활약했던 박건이 이런 생각을 떠올렸을 정도였다.

'약점이… 너무 많아.'

트레이드를 통해서 자신과 브라이언 마일스, 폴 바셋, 피터 알론소를 영입한 덕분에 마이애미 말린스는 여러 약점들을 메웠다. 그러나 워낙 약점이 많았던 터라, 여전히 약점투성이였다.

'선발진과 불펜진이 경쟁 팀들에 비해서 너무 약해. 그리고 타자들의 응집력도 없어. 또 다른 약점은……'

마이애미 말린스의 약점들을 하나씩 짚어보던 박건이 도중에 멈췄다.

약점이 너무 많아서 차례로 짚어보는 것이 무의미하단 생각이 들어서였다.

"지금쯤 시커멓게 속이 타들어가기 시작했겠구나."

그때 이용운이 다시 말했다.

'단장님과 감독님 속이 타들어가는 게 당연해.'

트레이드 단행 후 11연승을 달리던 마이애미 말린스의 경기력은 다시 무기력하게 변하며 연패에 빠졌다.

지금쯤 잭 대니얼스 단장과 조 매팅리 감독이 무척 당황하고 있을 거라고 박건이 판단했을 때였다.

"배동국 CP는 밤에 잠이 안 올 것이다."

'단장님과 감독님 이야기를 했던 게 아니었구나.'

뒤늦게 이용운이 언급했던 것이 배동국임을 알아챈 박건이 쓰게 웃었다.

'속이 타들어가는 것은 마찬가지겠네.'

TBS 스포츠채널은 타 방송사들을 제치고 메이저리그 중계권을 따내는 데 성공했다.

그때만 해도 배동국은 쾌재를 불렀을 터.

그러나 공교롭게도 TBS 스포츠채널이 메이저리그 중계권을 따내자마자, 마이애미 말린스의 연승 행진은 끝이 났다.

그리고 형편없는 경기력을 보이며 2연패에 빠졌다.

메이저리그 중계권 협상을 진두지휘했던 배동국은 지금쯤 당연히 애가 탈 것이었다. 그리고 자신 못지않게 간절한 마음으로 마이애미 말린스가 연패를 끊는 승리를 거두길 기도하고 있을 것이었다.

거기까지 생각이 미친 순간이었다.

"혹시… 이것이었습니까?"

박건이 퍼뜩 떠올린 생각이 맞는가 여부를 확인하기 위해서 질문했다.

"무슨 뜻이냐?"

"선배님이 준비한 복수의 방법 말입니다."

이용운은 이 정도 복수로는 성에 차지 않는다고 말하면서 일단 숨을 붙여둔 채 배동국에게 지옥을 경험하게 해줄 것이라고 호언장담했었다.

대체 그 방법이 무엇일까에 대해 호기심을 느꼈었는데.

"우리 후배의 예상이 맞다."

박건의 추측대로였다.

이용운이 준비했던 복수의 방법은 배동국의 애를 태우는 것
이었다.

TBS 스포츠채널은 메이저리그 중계권을 따낸 상황.

그리고 메이저리그 중계권 협상을 진두지휘했던 것은 배동국
이었다.

그런 배동국은 장밋빛 미래를 꿈꿨다.

당시만 해도 박건의 소속 팀인 마이애미 말린스가 연승을 거
두고 있었기 때문이었다.

하지만 TBS 스포츠채널이 메이저리그 중계권을 따내자마자,
마이애미 말린스의 연승 행진은 끝이 나며 연패에 빠졌다.

배동국의 입장에서는 애가 바싹바싹 탈 터였다.

'그렇지만 지옥을 경험할 정도는 아닌 것 같은데.'

이런 의문을 품었던 박건이 이내 표정을 굳혔다.

이용운은 허언을 하거나 과장을 하는 성격이 아님을 알고 있
어서였다.

"혹시……."

"혹시 뭐냐?"

"마이애미 말린스의 연패가 더 길게 이어지는 겁니까?"

박건이 조심스럽게 질문했지만, 이용운은 대답 대신 되물었다.

"어떨 것 같으냐?"

"연패가 더 길게 이어질 것 같습니다."

연승 기간 동안 용케 감춰졌던 마이애미 말린스의 약점이 드러나기 시작한 상황.

게다가 딱히 반전의 계기랄 것도 없는 상황이었다.

해서 박건이 연패가 더 길게 이어질 것 같다고 대답하자, 이용운이 웃으며 고개를 끄덕였다.

"후배의 짐작이 맞을 것이다."

"그럼……?"

"마이애미 말린스의 연패가 언제까지 이어질까? 이게 궁금한 거지?"

"네."

"그때 내가 배동국이 지옥을 경험하게 만들어줄 거라고 말했었지? 그가 지옥을 경험할 때까지 마이애미 말린스의 연패 행진은 이어질 가능성이 높다."

배동국에 대한 본격적인 복수가 시작됐기 때문일까.

이용운은 잔뜩 흥이 오른 목소리로 말했다.

그렇지만 박건의 표정은 더욱 심각해졌다.

마이애미 말린스의 연패가 길어질 거란 예상을 듣고 웃을 수는 없었기 때문이었다.

'배동국 CP가 지옥을 경험할 정도면 마이애미 말린스가 10연패 정도 하는 게 아닐까?'

박건의 생각이 거기까지 미쳤을 때, 이용운이 덧붙였다.

"내 짐작에는 10연패 이상도 가능하다."

"……?"

"번아웃증후군이 찾아왔거든."

＊　　　　＊　　　　＊

따악.

묵직한 타격음이 흘러나온 순간, 배동국의 낯빛이 창백하게 질렸다.

마이애미 말린스와 샌프란시스코 자이언츠의 3연전 최종전.

투수전 양상으로 흘러가던 경기는 4회에 접어들며 요동치기 시작했다.

마이애미 말린스의 4선발인 트레비스 리차즈는 4회 초에 연속안타와 사사구를 허용하며 1사 만루의 위기에 처했다. 그리고 샌프란시스코 자이언츠의 6번 타자인 브랜든 크로포드가 때린 타구는 컸다.

우중간으로 향하는 타구의 궤적을 살피던 배동국이 떠올린 것은 피터 알론소였다.

피터 알론소는 수비력이 출중한 우익수.

마이애미 말린스가 연승 가도를 달리는 동안 여러 차례 호수비를 펼치기도 했었다.

그래서 브랜든 크로포드의 잘 맞은 타구를 피터 알론소가 호수비를 펼치며 잡아내기를 내심 바랐는데.

그 바람은 이뤄지지 않았다.

브랜든 크로포드의 타구는 우중간을 갈랐고, 그 사이 루상의 주자들이 모두 홈으로 파고들었다.

0-4.

브랜든 크로포드의 주자 일소 적시 2루타가 터지면서 스코어는 넉 점 차로 벌어졌다.

그러나 배동국은 아직 경기를 포기하지 않았다. 그리고 6회 말에 마이애미 말린스의 반격이 시작됐다.

6회 말의 선두타자인 닐 워커가 샌프란시스코 자이언츠의 선발투수인 토니 왓슨을 상대로 좌전 안타를 때려내며 찬스가 시작됐다.

무사 1루 상황에서 조 매팅리 감독은 투수 타석에 대타자 제임스 블랙먼을 기용했고, 그는 진루타를 기록했다. 그리고 1번 타자 브라이언 마일스와 2번 타자 피터 알론소는 토니 왓슨을 상대로 끈질긴 승부를 이어간 끝에 사구를 얻어내는 데 성공했다.

1사 만루의 득점 기회가 만들어졌고, 샌프란시스코 선발투수인 토니 왓슨은 연속 사구를 허용하면서 제구 불안을 노출한 상황.

'추격할 수 있다.'

배동국의 기대가 부푼 순간, 샌프란시스코 자이언츠의 게이브 케플러 감독은 투수 교체를 단행했다.

선발투수인 토니 왓슨을 내리고 불펜투수 코너 멘데스를 마운드에 올렸다.

'박건에게까지 찬스가 이어진다면?'

배동국이 바라는 가장 이상적인 그림은 박건이 찬스에서 적시타를 터뜨리면서 마이애미 말린스가 역전승을 거두는 것이었다.

그러나 배동국이 기대했던 이상적인 그림은 완성되지 않았다.

슈악.

딱.

1사 만루 상황에서 타석에 등장한 폴 바셋은 어정쩡한 스윙을 했고, 빗맞은 타구는 투수 앞으로 향했다.

코너 멘데스가 타구를 잡자마자 포수에게 송구했고, 포수는 바로 1루로 송구해서 타자주자인 폴 바셋마저 잡아냈다.

폴 바셋의 병살타가 나오면서 마이애미 말린스는 6회 말에 찾아온 1사 만루의 득점 찬스를 허무하게 날려 버렸다.

'최악.'

그 모습을 지켜보던 배동국은 최악이란 단어를 떠올렸다. 그러나 진짜 최악은 아직 찾아오지 않았다.

마이애미 말린스의 두 번째 투수로 마운드에 오른 릭 로셀소는 2사 1, 2루에서 버스터 포지에게 석 점 홈런을 허용했으니까.

0-7.

경기 후반 점수 차는 7점까지 벌어졌다.

여전히 무기력한 경기력을 선보이고 있는 마이애미 말린스가 역전을 할 가능성이 사라졌다는 사실을 깨달은 배동국이 한숨을 내쉬었다.

4년 1,000만 달러.

TBS 스포츠채널이 메이저리그 중계권을 따내기 위해서 들인 비용이었다.

4년 800만 달러면 충분할 거라던 배동국의 예상보다 금액이 더 올라간 이유는 당시 마이애미 말린스가 11연승을 거두고 있었기 때문이었다.

예상보다 200만 달러를 더 들여서 메이저리그 중계권을 따냈지만, 배동국은 여전히 대박을 낼 거란 확신이 있었다.

그러나 배동국의 기대와는 전혀 다른 방향으로 상황이 전개되고 있었다.

TBS 스포츠채널이 거액을 들여 메이저리그 중계권을 따내자마자, 마이애미 말린스는 연패에 빠졌다. 그리고 연패에 빠진 것보다 더 심각한 문제는 마이애미 말린스의 경기력이 형편없다는 점이었다.

'계속 이런 식이면 곤란해.'

국내 팬들이 바라는 것은 한국 선수인 박건이 맹활약을 펼치면서 마이애미 말린스가 좋은 성적을 거두는 것이었다.

그런데 마이애미 말린스가 계속 형편없는 경기력을 보이며 연패를 반복한다면?

국내 팬들의 관심은 금세 식을 것이었다.

'어서 반등해야 할 텐데.'

배동국의 속이 시커멓게 타들어갔다.

술 생각이 난 배동국이 재차 한숨을 내쉬며 자리에서 일어섰다.

＊　　　　＊　　　　＊

11연승 후 3연패.

트레이드 단행 후 치른 14경기에서 마이애미 말린스는 11승을 거두었다.

득실만 놓고 보자면 여전히 나쁜 결과는 아니었다.

그럼에도 불구하고 잭 대니얼스는 웃을 수 없었다.

"다시… 예전으로 돌아간 느낌이야."

샌프란시스코 자이언츠와의 3연전에서 마이애미 말린스는 시리즈 스윕을 당했다. 그리고 시리즈 스윕을 당한 것보다 더 우려스러운 점은 마이애미 말린스의 형편없는 경기력이었다.

마치 트레이드를 단행하기 전 마이애미 말린스의 경기를 보는 느낌이었다.

"왜 이렇게 됐지?"

더 큰 문제는 해법조차 찾기 어렵다는 점이었다.

그로 인해 당황하던 잭 대니얼스가 퍼뜩 떠올린 것은 너튜브 개인 방송인 '더 독해져서 돌아온 독한 야구'였다.

고작 개인 방송일 뿐이었지만, '더 독해져서 돌아온 독한 야구' 진행자의 분석은 무척 정확했다. 그리고 '더 독해져서 돌아온 독한 야구' 진행자의 분석은 마이애미 말린스가 트레이드를 단행하고, 연승 행진을 이어나가는 과정에서 큰 도움이 됐다.

그래서 잭 대니얼스는 마이애미 말린스가 위기에 처하자 부지불식간에 '더 독해져서 돌아온 독한 야구'를 떠올린 것이었다.

그렇지만 아쉽게도 '더 독해져서 돌아온 독한 야구'의 새로운 방송은 업데이트가 되지 않은 상태였다.

"아쉽군."

그것을 확인한 잭 대니얼스가 못내 아쉬운 표정을 짓고 있을 때였다.

똑똑.

노크 소리에 뒤이어 조 매팅리 감독이 단장실로 들어섰다.

"앉게."

잭 대니얼스가 권한 자리에 조 매팅리 감독이 앉았다.

"다음 상대가 애틀랜타 브레이브스로군."

"네."

"연패를 끊을 수 있을까?"

다짜고짜 던진 질문에 조 매팅리 감독은 바로 대답하지 않았다.

"자신 없나 보군."

그에게서 대답이 없다는 사실을 깨달은 잭 대니얼스가 추측했다. 그리고 추측대로였다.

"쉽지 않을 것 같습니다."

조 매팅리 감독이 자신 없는 목소리로 대답했다.

그 대답을 들은 잭 대니얼스가 한숨을 내쉬었을 때였다.

"더 큰 문제가 있습니다."

조 매팅리 감독이 어두운 낯빛으로 말했다.

"마이애미 말린스가 연패에 빠진 것보다 더 큰 문제가 있다?"

그 이야기를 들은 잭 대니얼스가 눈살을 찌푸렸다.

조 매팅리 감독을 부른 이유.

마이애미 말린스가 연패를 끊을 수 있는 대책을 논의해서 찾기 위함이었다.

그런데 조 매팅리 감독은 그보다 더 큰 문제가 있다고 말했다.

"무슨 문제인가?"

"내부 반발이 심합니다."

"……?"

"굴러온 돌들이 박힌 돌들을 빼냈던 셈이었으니까요. 이제 본격적으로 불만이 터져 나오고 있습니다."

"흐음."

침음성을 터뜨린 잭 대니얼스가 자리에서 일어섰다.

가뜩이나 골치가 아픈 상황인데 또 다른 숙제를 떠안은 느낌이랄까.

그래서 술 생각이 간절하게 났다.

"한잔할 텐가?"

위스키병을 기울여 잔을 채우며 잭 대니얼스가 제안했다.

"저는 됐습니다."

"그래? 알겠네."

조 매팅리의 거절에 여상히 답한 잭 대니얼스가 위스키를 가득 채운 잔을 입으로 가져갔다.

유난히 쓰게 위스키를 한 모금 마신 후 잭 대니얼스가 미간을 찌푸렸다.

트레이드 단행 후 마이애미 말린스가 거둔 11연승.

마치 꿈처럼 느껴졌다. 그리고 달콤한 꿈은 언젠가는 깨게 마련이었다.

'무척이나 달콤했던 꿈에서 깨어나 다시 쓰디쓴 현실을 마주한 느낌이로군.'

연승은 팀의 불안 요소들을 가리게 만드는 효과가 있었다.

그래서일까.

마이애미 말린스의 연승 행진이 끝나고 나자, 마치 기다렸다는 듯이 그동안 가려져 있던 불안 요소들이 수면 위로 떠올랐다.

경쟁 팀들에 비해 경쟁력이 떨어지는 선발진.

잭 스튜어트와 브라이언 모란이 이탈하면서 경쟁력을 잃어버린 불펜진.

살아날 기미가 보이지 않는 타자들의 깊은 부진까지.

잭 대니얼스가 어렵지 않게 찾아낸 마이애미 말린스의 불안 요소들이었다.

그리고 아직 끝이 아니었다.

기존 선수들의 불만이라는 새로운 불안 요소까지 등장한 셈이었다.

'어떻게 해야 하나?'

마땅한 해결책을 찾아내지 못한 잭 대니얼스가 답답한 표정을 짓고 있을 때, 조 매팅리 감독이 조심스럽게 입을 뗐다.

"선발 라인업을 조정해야 할 것 같습니다."

"어떻게 말인가?"

"기존 선수들에게 기회를 줘야 할 것 같습니다."

"일단 불만을 잠재워서 급한 불을 끄자?"

"네."

"누굴 제외할 생각인가?"

"폴 바셋과 피터 알론소입니다."

비록 마이애미 말린스가 연패에 빠졌지만, 박건의 타격감은 여전히 좋았다. 연속안타 경기 행진을 꾸준히 이어나가고 있는 것이 그 증거였다.

그리고 브라이언 마일스는 발이 빨랐다.

그가 출루한다면 작전을 수행하기 수월한 것은 당연지사.

이것이 조 매팅리 감독이 폴 바셋과 피터 알론소를 선발 라인업에서 제외하려는 이유일 터였다.

"그럼… 더 좋아질까?"

"네?"

"폴 바셋과 피터 알론소를 제외하고 브라이언 앤더슨과 피터 슨 오브라이언을 선발 라인업에 포함시키면 마이애미 말린스의 경기력이 더 좋아질까? 이 질문을 던진 것이네."

"그건… 확신할 수 없습니다."

조 매팅리 감독이 자신 없는 목소리로 대답한 순간, 잭 대니얼스가 확신에 찬 목소리로 입을 뗐다.

"난 정답을 알고 있네."

"……?"

"지금보다 더 나빠지면 나빠지지 좋아지지는 않을 걸세."

*   *   *

'녹화를 안 한다?'

박건이 한숨을 내쉬었다.

이전 소속 팀이었던 청우 로열스는 강팀이 아니었다.

결과적으로는 통합 우승을 차지하긴 했지만, 여러 차례 고비가 있었다. 그리고 청우 로열스가 통합 우승을 차지하는 데 있어서 이용운은 무척 큰 역할을 했었다.

롤러코스터 같은 갈지자 행보를 보이던 청우 로열스가 연패에 빠지면서 위기에 처했을 때마다 이용운은 '독한 야구'에서 위기를 타개할 수 있는 방법을 제시했었다.

그런데 마이애미 말린스가 지금 위기에 처했음에도 불구하고 이용운은 전면에 나서지 않았다. 그리고 이용운이 나서지 않는 이유는 짐작할 수 있었다.

바로 배동국 때문이었다.

마이애미 말린스의 연패가 길어져서 배동국에게 지옥을 경험하게 만들어줄 요량으로 일부러 나서지 않는 것이었다.

'무서운… 귀신이었네.'

새삼 이용운의 독심을 깨달은 박건이 재차 한숨을 내쉬었다.

애틀랜타 브레이브스와의 3연전을 앞두고 조 매팅리 감독이 발표한 선발 라인업을 확인했기 때문이었다.

〈마이애미 말린스 선발 라인업〉

1. 브라이언 마일스.

2. 피터슨 오브라이언.

3. 브라이언 할리데이.

4. 박건.

5. 이안 카스트로.

6. 커티스 그랜더슨.

7. 브라이언 앤더슨.

8. 닐 워커.

9. 닉슨 페레이라.

Pitcher. 닉슨 페레이라.

조 매팅리 감독은 선발 라인업에 변화를 주었다.

'폴 바셋과 피터 알론소가 선발 라인업에서 제외됐어.'

선발 라인업에서 달라진 점을 확인한 박건이 못마땅한 표정을 지었다.

장고 끝에 악수란 격언이 떠올라서였다.

'반발이 있었을 거야.'

박건도 눈치는 있었다.

트레이드를 통해서 새로이 마이애미 말린스로 합류한 박건과 브라이언 마일스, 폴 바셋, 피터 알론소는 바로 경기에 투입됐다. 그리고 투입 결과는 좋았다.

마이애미 말린스는 무려 11연승을 거두었으니까.

그렇지만 마이애미 말린스는 샌프란시스코 자이언츠와의 맞대결에서 시리즈 스윕을 당했다. 그리고 마이애미 말린스가 연승 행진을 달릴 때만 해도 드러나지 않았던 반발의 움직임이 마이애미 말린스가 샌프란시스코 자이언츠에게 시리즈 스윕을 당하는 과정에서 노골적으로 드러나기 시작했다.

피터슨 오브라이언과 마틴 프로도, 브라이언 앤더슨, 그리고 오스틴 딘까지.

트레이드 단행 후 선발 라인업에서 제외됐던 네 선수들은 노골적으로 반감 어린 시선을 보냈다.

그들만이 아니었다.

폴 바셋과 박건으로 인해 클린업트리오에서 밀려났던 이안 카스트로와 브라이언 할리데이도 불만을 드러내기 시작했었다.

'허니문 기간은 끝났다.'

그 과정에서 박건이 떠올렸던 생각이었다.

예상보다 더 길었던 허니문 기간이 끝나고 나자, 본격적으로 부부 싸움이 시작되는 느낌이랄까.

조 매팅리 감독 역시 이런 분위기를 감지했을 터.

그 불만이 더 커지기 전에 폴 바셋과 피터 알론소를 선발 라인업에서 제외하는 대신 피터슨 오브라이언과 브라이언 앤더슨을 선발 라인업에 포함시키는 응급 처방을 내린 것이었다.

그리고 폴 바셋과 피터 알론소를 선발 라인업에서 제외하는 결정을 내린 조 매팅리 감독을 비난하기는 어려웠다.

샌프란시스코 자이언츠에게 시리즈 스윕을 당하는 과정에서 폴 바셋과 피터 알론소는 무척 부진했기 때문이었다.

*　　　　*　　　　*

"번아웃증후군이 찾아왔거든."

이용운이 내렸던 진단이었다.

'틀린 진단은 아냐.'

번아웃증후군(burnout syndrom)은 의욕적으로 일에 몰두하던 사람이 극도의 신체적, 정신적 피로감을 호소하며 갑자기 무기력해지는 현상을 뜻했다.

실제로 마이애미 말린스가 11연승을 거두는 동안, 폴 바셋과 피터 알론소는 공수 양면에서 흠잡을 곳 없을 정도로 좋은 활약을 펼쳤었다.

그러나 마이애미 말린스가 샌프란시스코 자이언츠에게 시리즈 스윕을 당하는 과정에서는 무기력하게 느껴질 정도로 부진한 모습을 보였었다.

번아웃증후군 증상과 일치했다. 그리고 박건이 판단하기에 번아웃증후군을 앓는 것은 폴 바셋과 피터 알론소만이 아니었다.

마이애미 말린스라는 팀 역시 번아웃증후군을 앓는 것처럼 느껴졌다.

11연승을 달리던 마이애미 말린스와 3연패에 빠질 때의 마이애미 말린스.

과연 같은 팀이 맞는가 싶을 정도로 무기력하게 패했기 때문이었다.

"뉴욕 메츠와의 3연전이 폴 바셋과 피터 알론소가 번아웃증후군에 빠지게 된 직접적인 원인이었을 것이다."

그때, 이용운이 불쑥 말했다.

'무슨 뜻일까?'

예상치 못했던 이야기였기에 박건이 의문을 품었을 때, 이용운이 설명을 더했다.

"폴 바셋과 피터 알론소, 브라이언 마일스는 후배와 마찬가지로 미겔 카브레라 감독에게 반감을 갖고 있었다. 그래서 복수하기 위해서 뉴욕 메츠와 3연전을 펼치는 과정에서 모든 것을 쏟아부었다. 그리고 결과는 좋았다. 마이애미 말린스는 뉴욕 메츠와의 시리즈에서 스윕을 거뒀고, 미겔 카브레라 감독은 경질됐으니까. 그런데 문제는 그 과정에서 너무 심력을 쏟아부었다는 점이다. 게다가 미겔 카브레라 감독이 진짜 경질당하고 나자, 일시적으로 목표를 상실해 버린 것이 두 선수가 번아웃중후군에 빠진 원인이라고 추정된다."

꽤 길었던 설명을 들은 박건이 고개를 끄덕였다.

확실히 일리가 있단 생각이 들어서였다.

벅건과 브라이언 마일스 역시 같은 목표를 갖고 뉴욕 메츠와의 3연전에 임했었다.

그럼에도 불구하고 차이가 발생한 것은 목표와 성격 때문이었다.

박건의 목표는 뉴욕 메츠와의 3연전에서 스윕을 거둬서 미겔 카브레라 감독을 경질시키는 것이 아니었다.

마이애미 말린스의 지구 우승, 더 나아가 월드시리즈 우승이라는 훨씬 큰 목표를 갖고 있었다.

그래서 미겔 카브레라 감독이 경질된 후에도 계속 동기부여를 할 수 있었던 것이었다.

브라이언 마일스의 경우는 비슷하면서도 또 달랐다.

그의 장점이자 단점은 강한 자기애와 자존심.

그는 미겔 카브레라 감독에게 복수를 완성한 것이 당연하다고 판단하고 있었다. 그래서 만족하고 안주하지 않았기 때문에 번아웃증후군을 앓지 않는 것이었다.

어쨌든.

지금 중요한 것은 마이애미 말린스가 폴 바셋과 피터 알론소 없이 애틀랜타 브레이브스와의 3연전 1차전을 치러야 한다는 사실이었다.

'든 자리는 몰라도 난 자리는 더 크게 느껴지는 법.'

박건이 우려하는 것은 수비였다.

안정적인 수비를 보여주고 있었던 폴 바셋과 피터 알론소가 동시에 빠지면, 수비에 문제가 발생할 가능성이 높았기 때문이었다.

'과연 괜찮을까?'

해서 박건이 걱정하고 있을 때, 이용운이 말했다.

"괜찮지 않을 것이다."

"……?"

"그래서 마이애미 말린스의 연패는 이어질 것이다."

제6장

1회 초 애틀랜타 브레이브스의 공격.

슈악.

마이애미 말린스의 선발투수인 닉슨 페레이라는 애틀랜타 브레이브스의 리드오프인 아지 알비스에게 6구째로 커브를 던졌다.

"볼넷."

너무 높게 형성된 탓에 아지 알비스가 사사구로 출루한 순간, 박건이 불안한 표정을 지었다.

마이애미 말린스가 샌프란시스코 자이언츠에게 시리즈 스윕을 당하는 과정에서 공통점은 경기 초반에 선발투수들이 대량 실점을 했다는 것이었다.

'재판?'

그래서 닉슨 페레이라가 애틀랜타 브레이브스의 리드오프인 아지 알비스에게 출루를 허용한 순간, 엇비슷한 상황이 벌어지지 않을까 하는 우려가 든 것이었다.

무사 1루 상황에서 타석에 들어선 것은 조쉬 도날드슨.

슈악.

따악.

그는 닉슨 페레이라의 초구를 공략했다

배트 중심에 잘 맞은 땅볼타구.

그러나 코스가 좋지 않았다.

2루수 정면으로 굴러가는 조쉬 도날드슨의 땅볼타구를 확인한 순간, 박건이 안도했다.

4—6—3으로 이어지는 병살플레이가 나오며 닉슨 페레이라가 무사 1루의 위기를 넘겼다고 판단했기 때문이었다.

그러나 상황은 박건의 예상대로 흘러가지 않았다.

2루수 브라이언 마일스는 깔끔하게 타구를 포구해서 송구했지만, 유격수가 그 송구를 떨어뜨렸다.

바닥에 떨어진 공을 다시 잡아냈지만, 1루 주자였던 아지 알비스는 이미 2루 베이스에 도착한 후였다.

"세이프."

2루심이 세이프를 선언한 순간, 유격수 브라이언 앤더슨이 이를 악물고 1루로 송구했다.

"세이프."

타자주자라도 1루에서 잡아내길 바랐던 박건의 바람은 또 빗나갔다.

'너무 서둘렀어.'

타자주자인 조쉬 도날드슨의 발이 무척 빠른 편이라는 사실을 알고 있는 유격수 브라이언 앤더슨은 병살플레이를 만들기 위해서 서둘렀다.

그 과정에서 공을 떨어뜨리는 실수를 범한 것이었다.

"조직력 문제가 드러난 거지."

그때 이용운이 시니컬한 목소리로 말했다.

그 지적을 들은 박건이 반박하지 못하고 고개를 끄덕였다.

오늘 경기 마이애미 말린스의 유격수로 출전한 선수는 브라이언 앤더슨.

그리고 유격수 브라이언 앤더슨과 2루수 브라이언 마일스가 호흡을 맞춘 것은 오늘 경기가 처음이었다.

오랜만에 경기에 출전한 탓에 경기감각이 가뜩이나 떨어져 있는 브라이언 앤더슨과 브라이언 마일스 사이에 호흡이 맞지 않으면서 실책이 발생한 것이었다.

'또 다른 문제가 발생했어.'

박건의 낯빛이 어둡게 변했다.

원래라면 2사 주자 없는 상황이 됐어야 하지만, 유격수 브라이언 앤더슨의 실책이 나오면서 무사 1, 2루로 상황이 바뀌어 있었다. 그리고 젊은 투수인 닉슨 페레이라는 브라이언 앤더슨의 수비 실책으로 인해 멘탈이 흔들렸다.

슈악.

3번 타자 프레디 프리먼을 상대로 닉슨 페레이라가 3구째 포크볼을 던졌을 때였다.

타닷.

타다닷.

2루 주자 아지 알비스와 1루 주자 조쉬 도날드슨이 동시에 스타트를 끊었다.

'더블스틸.'

포수인 브라이언 할리데이는 송구를 시도해 보지도 못했다.

홈플레이트 근처에서 바운드를 일으킨 포크볼을 단번에 포구하는 데 실패했기 때문이었다.

더블스틸 작전이 성공하며 무사 2, 3루로 상황이 바뀐 순간, 박건이 애틀랜타 브레이브스 더그아웃을 힐끗 살폈다.

'약점을 파고들고 있어.'

애틀랜타 브레이브스의 감독인 브래들리 스니커는 여유로운 표정으로 마이애미 말린스의 약점을 파고들고 있었다.

마이애미 말린스가 수비 조직력에 약점을 드러내자, 놓치지 않고 물어뜯고 있었다. 그리고 프레디 프리먼은 노련한 타자답게 흔들리는 닉슨 페레이라의 실투를 놓치지 않았다.

슈아악.

따악.

가운데로 몰린 직구를 제대로 받아 쳐서 우중간을 반으로 가르는 장타를 때려냈다.

3루 주자와 2루 주자를 모두 불러들이는 2타점 적시 2루타.

0—2.

애틀랜타 브레이브스가 먼저 선취점을 올렸다. 그리고 애틀 랜타 브레이브스의 공격은 아직 끝나지 않았다.

슈악.

딱.

4번 타자 로날드 아쿠냐 주니어는 풀카운트 승부 끝에 닉슨 페레이라의 6구째 슬라이더를 밀어 쳤다.

땅볼타구를 잡아낸 2루수가 1루로 송구해서 타자주자를 잡아내며 첫 번째 아웃카운트가 올라가는 사이, 2루 주자 프레디 프리먼은 3루까지 진루했다.

슈아악.

딱.

5번 타자 찰리 컬버슨은 닉슨 페레이라의 3구째 직구를 공략해서 우익수 방면으로 날아가는 외야플라이를 때려냈다.

'못 들어와.'

우익수가 정상 수비위치에서 포구를 준비하는 것을 확인한 박건은 3루 주자가 태그업을 하지 못할 거라 판단했다.

타다닷.

그러나 박건의 판단과 달리 3루 주자인 프레디 프리먼은 태그업을 시도해서 홈으로 파고들었다. 그리고 홈승부는 싱겁게 끝났다.

쉬익.

우익수의 송구 방향이 치우친 탓에 송구를 받은 포수는 3루 주자 프레디 프리먼에게 태그 시도조차 해보지 못했다.

0—3.

석 점 차로 격차가 벌어진 순간, 애틀랜타 브레이브스의 브래들리 스니커 감독이 자리에서 일어나며 주먹을 불끈 움켜쥐었다.

오늘 경기 승리에 대한 확신이 보이는 브래들리 스니커 감독의 제스처를 확인한 박건이 한숨을 내쉬었다.

　　　　*　　　　　*　　　　　*

1—3.

두 점 차로 뒤진 마이애미 말린스의 9회 말 공격은 1번 타자 브라이언 마일스부터 시작이었다.

브래들리 스니커 감독은 9회 말에 팀의 클로저인 마크 멜란슨을 마운드에 올렸다.

"살아 나가라."

비록 두 점 차로 뒤진 채 9회 말 마지막 공격이 시작되고 있었지만, 박건은 아직 경기를 포기하지 않았다. 그래서 한 차례 더 타석에 들어설 기회가 찾아오길 내심 바라며 브라이언 마일스와 마크 멜란슨의 대결을 지켜보고 있을 때였다.

슈악.

딱.

브라이언 마일스가 마크 멜란슨의 5구째 포크볼을 받아 쳤다.

배트 하단에 맞은 타구는 큰 바운드를 일으키며 3루수 쪽으로 굴러갔다.

"세이프."

그리고 전력 질주 한 브라이언 마일스는 1루에서 세이프 선언을 받아내는 데 성공했다.

브라이언 마일스의 빠른 발이 만들어낸 출루.

마지막으로 한 차례 더 타석에 설 수 있는 가능성이 높아진 순간, 박건이 더그아웃을 박차고 나갔다.

'연패를 끊는다.'

각오를 다지며 타석에 설 준비를 일찍 시작했던 박건이 이내 눈살을 찌푸렸다.

슈악.

딱.

2번 타자 피터슨 오브라이언은 마크 멜란슨의 초구 싱커를 공략해서 유격수 앞으로 굴러가는 땅볼타구를 때렸다.

'병살타.'

박건의 예상대로였다.

6—4—3으로 이어지는 병살플레이가 만들어지며 루상의 주자가 지워졌다.

2사 주자 없는 상황에서 타석에 들어선 것은 3번 타자 브라이언 할리데이.

"제발 살아 나가라."

대기타석에 선 박건이 간절한 표정으로 혼잣말을 중얼거렸다. 그러나 브라이언 할리데이는 박건의 바람대로 출루하지 못했다.

슈아악.

부우웅.

"스트라이크아웃."

브라이언 할리데이가 삼진을 당하며 경기는 종료됐다.

최종 스코어 1—3.

마이애미 말린스의 연패 숫자는 4로 늘어났다.

결국 마지막으로 타석에 설 기회를 얻지 못한 박건은 경기가 종료됐음에도 대기타석을 떠나지 않았다.

'피터 알론소와 폴 바셋이 오늘 경기에 출전했다면?'

최소한 마지막으로 한 차례 더 타석에 설 기회는 돌아왔을 것이란 생각이 들어서 아쉬움이 깃들었다.

그리고 두 선수의 공백은 공격에서만 느껴진 것이 아니었다.

수비에서도 두 선수의 공백은 느껴졌다.

폴 바셋을 대신해 유격수로 출전한 브라이언 앤더슨은 1회 초 수비에서 실점의 빌미가 되는 포구 실책을 범했다.

폴 바셋이었다면 범하지 않았을 실수.

피터 알론소를 대신해서 우익수로 출전했던 피터슨 오브라이언의 수비도 아쉽기는 마찬가지였다.

깊지 않은 외야플라이를 잡아냈던 피터슨 오브라이언의 송구 방향이 빗나가면서 태그업을 시도했던 프레디 프리먼에게 추가 실점을 허용했으니까.

프레디 프리먼의 발이 빠르지 않다는 점을 감안하면 절대 허용해서는 안 되는 추가 실점.

'피터 알론소가 우익수로 출전했다면 홈에서 아웃을 시켰을 거야.'

대기타석을 떠나지 않은 채 박건이 오늘 경기에서 아쉬웠던 점을 계속 되짚어보고 있을 때였다.

"그만해라."

이용운이 불쑥 말했다.

"뭘 그만하란 말씀입니까?"

"아쉬웠던 점을 찾아내는 것 말이다. 밤을 새도 모자랄 테니까."

'쩝.'

틀린 지적이 아니란 생각에 박건이 입맛을 다셨을 때, 이용운이 덧붙였다.

"반가운 얼굴이 찾아왔구나."

*　　　　*　　　　*

"아, 애틀랜타 브레이브스의 클로저인 마크 멜란슨의 강속구에 브라이언 할리데이 선수가 헛스윙을 하면서 경기가 종료됐습니다. 결국 대기타석에 들어서 있던 박건 선수가 타석에 한 차례 더 설 기회는 사라졌네요. 많이 아쉽습니다. 마이애미 말린스와 애틀랜타 브레이브스의 3연전 1차전, 애틀랜타 브레이브스가 3—1로 승리를 거뒀다는 소식을 전해 드리면서 오늘 경기 중계를 마치겠습니다."

서동재 아나운서의 정리 멘트와 함께 중계가 끝이 났다.

'정신이 하나도 없네.'

중계가 끝난 순간, 윤재규가 아쉬움이 담긴 한숨을 토해냈다.

'아직 멀었어.'

나름대로는 많은 준비를 하고 중계석에 앉았다.

그렇지만 윤재규는 자신의 해설에 만족하지 못했다.

'아는 게 부족해.'

TBS 스포츠채널에서 메이저리그 중계권을 따내서 마이애미 말린스의 경기 중계를 하는 이유.

국내 팬들에게 수준 높은 메이저리그 경기를 보여주겠다는 대의명분을 내세웠지만, 진짜 이유는 한국 선수인 박건의 활약상을 보여주려는 것이었다.

그렇지만 윤재규는 박건이란 선수에 대해서 아는 것이 너무 없다는 사실을 첫 중계를 하는 과정에서 깨달았다.

'박건, 그리고 마이애미 말린스라는 팀에 대해서 더 공부해야 해.'

이렇게 판단한 윤재규는 중계를 마치자마자 경기가 끝난 그라운드로 향했다.

"박건 선수."

"안녕하세요?"

"처음 뵙겠습니다. 윤재규입니다. 우선 감사합니다."

윤재규가 우선 감사 인사부터 했다.

TBS 스포츠채널과 좋은 조건으로 계약을 맺고 메이저리그 중계를 맡을 수 있었던 데는 박건의 도움이 컸다는 사실을 잘 알고 있어서였다.

"정신 없으시죠?"

"네? 네."

"도움이 필요한 부분이 있다면 언제든지 말씀하세요. 제가 도울 수 있는 부분은 돕겠습니다."

웃으며 말하는 박건에게 윤재규가 새삼스러운 시선을 던졌다.

현직 메이저리거임에도 불구하고 대화를 나누고 있는 박건에게서 거만함은 전혀 느낄 수 없었기 때문이었다.

"많이 아쉽습니다. 첫 중계인 만큼, 마이애미 말린스가 꼭 승리를 거두길 내심 바라고 있었거든요. 그래도 불행 중 다행인 것은 박건 선수가 홈런을 때려냈다는 점이었습니다."

마이애미 말린스가 오늘 경기에서 올린 유일한 득점.

박건이 솔로홈런을 때려내서 얻었던 것이었다.

윤재규가 오늘 경기의 소회를 밝힌 순간, 박건이 씁쓸한 표정으로 고개를 흔들었다.

"제가 홈런을 친 것은 중요하지 않습니다. 팀이 패했으니까요."

"하지만……."

"게다가 마이애미 말린스의 상황은 점점 최악으로 치닫고 있으니까요."

'왜 최악으로 치닫고 있다는 거지?'

마이애미 말린스가 애틀랜타 브레이브스와의 오늘 경기에서 패배한 것은 사실이었다. 그러나 샌프란시스코 자이언츠를 상대하면서 시리즈 스윕을 당했을 때보다는 점수 차가 훨씬 적었다.

그래서 윤재규는 마이애미 말린스가 오늘 좀 더 나은 경기를 펼쳤다고 생각했는데.

박건의 생각은 달랐다.

그로 인해 윤재규가 흥미를 느꼈을 때였다.

"아직 식사 전이시죠?"

"네? 네."

"같이 식사나 하시죠. 제가 사겠습니다."

박건이 밥을 사겠다고 먼저 제안했다.

예상치 못했던 제안에 당황했던 윤재규가 서둘러 입을 뗐다.

"여러모로 박건 선수에게 신세를 졌는데 밥은 제가 사야죠."

"다음에요."

"네?"

"오늘은 제가 사겠습니다. 다음엔 해설위원님이 사주시죠."

윤재규가 더 거절하지 못하고 박건을 뒤따라갔다.

박건이 식사를 대접하기 위해서 찾아간 곳은 한국 음식점이
었다.

"여기가 제 단골집입니다. 아마 해설위원님도 이곳에 자주 들
르게 될 겁니다. 마이애미에는 한국 음식점이 많지 않거든요."

보쌈과 된장찌개, 불고기를 주문한 후, 박건이 물었다.

"술 드시죠?"

"네? 네."

"그럼 같이 한잔하시죠."

"박건 선수도 술을 마십니까?"

"가끔 마십니다. 그런데 미국에 건너온 후에는 안 마셨습니
다."

"이제 메이저리거라서요?"

"아니요. 같이 마실 사람이 없어서요."

"술친구가 필요하면 언제든지 연락하십시오. 제가 박건 선수의 술친구가 돼드리겠습니다."

"한 가지 조건이 있습니다."

"네?"

"제 술친구가 되기 위해서는 한 가지 조건이 있단 뜻입니다."

"어떤 조건입니까?"

"편하게 말씀하세요. 제가 불편하면 술이 안 넘어가는 스타일이라서요."

말을 편하게 하라는 박건의 제안을 들은 윤재규가 당황했다.

"초면인데 벌써 말을 편하게 하는 건 좀……."

"제 술친구가 되기 싫으신 거군요?"

"그런 뜻이 아니라……."

"저와 나이 차도 많이 나시니까 편하게 말씀하셔도 됩니다."

"알겠습… 아니, 알겠어. 그럼… 이제 술 한잔 받을 자격이 생긴 건가?"

"하하, 네, 받으세요."

박건이 웃으며 소주병을 들어서 빈 잔을 채워주었다.

"그동안 외롭지 않았나?"

건배하고 잔을 비운 후 윤재규가 물었다.

혈혈단신으로 미국에 건너온 박건의 메이저리그 적응기는 순탄치 않았다.

긴 부진으로 인해 뉴욕 메츠 홈 팬들로부터 야유까지 받았을 때, 박건의 상처가 얼마나 컸을지, 또 외로웠을지 짐작조차 가지 않았다.

해서 윤재규가 조심스럽게 묻자, 박건이 희미한 웃음을 지은 채 대답했다.

"외롭지는 않았습니다. 좋은 말벗이 있었거든요."

"말벗? 그 말벗이 누구지?"

"그건 비밀입니다."

'알려주지 않을 심산이로군.'

윤재규가 아쉬움을 느끼며 다시 입을 뗐다.

"예전부터 하나 궁금한 게 있었는데. 물어봐도 되나?"

"말씀하시죠."

"갑자기 야구를 잘하게 된 어떤 계기가 있었나?"

*   *   *

"계기는… 독설이었습니다."

박건이 희미한 미소를 머금은 채 대답했다.

사람은 쉽게 변하지 않는다는 옛말대로였다.

'해설계의 독설가'로 명성을 날렸던 이용운은 죽고 나서도 마찬가지였다.

'영혼의 파트너'가 된 이용운은 박건에게 수시로 독설을 날렸다.

그 독설이 듣기 싫어서 노력하다 보니, 박건은 형편없던 야구선수에서 꽤 괜찮은 야구선수로 어느새 바뀌어 있었다. 그러나 '영혼의 파트너'인 이용운의 존재를 알려줄 수는 없는 노릇.

해서 박건이 서둘러 덧붙였다.

"야구 진짜 못한다. 저런 것도 프로선수라고 불릴 자격이 있느냐? 빨리 은퇴하고 다른 일 찾아봐라."

"……?"

"이런 팬들의 독설이 듣기 싫어서 야구를 잘해야겠다고 이를 악물고 각오를 다졌습니다. 그러다 보니 형편없던 야구선수에서 괜찮은 야구선수로 바뀔 수 있었습니다."

"고작 괜찮은 선수가 아니지. 최고의 야구선수가 됐지."

"아직 멀었습니다."

박건이 손사래를 쳤을 때, 윤재규가 다시 질문했다.

"그런데 왜 술잔을 하나 더 놓았나?"

술잔 하나를 더 탁자 위에 올려놓고 술을 채워놓은 것을 의아하게 바라보는 윤재규에게 박건이 대답했다.

"이 자리에 꼭 함께하고 싶은 분이 있어서요."

"그게 누군가?"

"이용운 해설위원님이요."

"용운이?"

"두 분이 친하셨다고 말씀하셨잖습니까? 이용운 해설위원님도 오늘 식사 자리에 동석하길 바랐을 것 같아서요."

"정말… 좋아했을까?"

"네. 좋아하셨을 겁니다."

단순한 추측이 아니었다.

"술맛이 끝내주는구나."

오랜만에 윤재규와 재회해서일까.

이용운은 잔뜩 흥이 오른 목소리였다.

"어쨌든 자네의 선전을 기원하겠네."

"감사합니다."

"자네의 선전을 기원하는 것. 자넬 위해서이기도 하지만 날 위해서이기도 하네."

"무슨… 뜻입니까?"

"메이저리그 중계를 맡은 것. 내 입장에서는 아주 큰 기회야. 어쩌면 내게 주어진 마지막 기회일 수도 있지. 그래서 좋은 해설을 해서 이 기회를 꼭 살리고 싶어. 그런데 마이애미 말린스가 계속 부진하면 이 기회를 놓칠지도 모른다는 우려가 들거든."

윤재규가 어두운 낯빛으로 꺼낸 말을 들은 박건이 입을 뗐다.

"배동국 CP는 요즘 어떤가요?"

"배 CP는… 무서워."

"네?"

"신경이 잔뜩 곤두서 있어서 마주하는 것도, 또 말을 거는 것도 무서울 정도야. 그리고 걱정이 되기도 해."

"무슨 걱정이요?"

"이대로 조금만 더 시간이 지나면 큰 병에 걸릴 것 같거든."

윤재규에게서 대답이 돌아온 순간, 박건이 이용운에게 말했다.

"들으셨죠?"

"뭘 들었냐는 거냐?"

"이 정도면 충분하지 않습니까?"

"응?"

"이만하면 충분히 복수한 것 같으니 그만 마음을 푸시죠."

"흥, 아직 멀었다."

이용운은 코웃음을 쳤다.

그러나 박건은 그의 마음이 약하다는 사실을 이미 알고 있었다.

"친구이신 윤재규 해설위원님이 걱정하시는 것, 선배님도 들으셨잖아요?"

"……."

"마음이 불편한데 해설에 집중할 수 있겠습니까?"

"그건……."

"그리고 제 생각도 좀 해주시죠. 계속 이런 식이라면 마이애미 말린스의 지구 우승은 물 건너갑니다."

파죽의 11연승을 달리며 마이애미 말린스는 지구 4위로 올라섰다.

또, 리그 선두인 애틀랜타 브레이브스와의 격차도 많이 줄였었다.

그런데 다시 연패에 빠지면서 마이애미 말린스는 지구 최하위로 추락할 위기에 처했다.

또, 애틀랜타 브레이브스와의 격차도 더 크게 벌어졌고.

"이제 마음을 좀 푸시죠."

박건이 덧붙인 이야기를 들은 이용운이 한숨을 내쉬었다.

그런 그가 잠시 후 말했다.

"내가 착해서 한 번 봐준다."

＊　　　　＊　　　　＊

"너튜브 개인 방송 '더 독해져서 돌아온 독한 야구'는 선수, 감독, 심지어 팬들까지 모두 독하게 까는 해설 방송입니다. 심장이 약한 분들과 임산부, 그리고 노약자는 가능한 시청을 금해주시기 바라며, 한층 더 독해져서 돌아온 만큼 일반인들 중에서도 마음의 평온을 유지하는 데 어려움을 겪고 있는 분들은 시청하지 않으시는 편이 좋은 것 같습니다. 그럼 '더 독해져서 돌아온 독한 야구' 세 번째 방송을 시작하겠습니다."

방송이 시작된 순간, 잭 대니얼스가 양손의 깍지를 꼈다.

그리고 방송이 시작되기 전, 잭 대니얼스는 기대와 우려가 공존하는 표정을 지었다.

"일단 시작은 했는데……."

마이애미 말린스는 연승 행진이 끝나자마자 4연패에 빠져 있는 상황.

연패에 빠진 것보다 더 큰 문제는 마이애미 말린스의 형편없는 경기력을 개선시킬 마땅한 방법을 찾지 못했다는 점이었다.

그래서 잭 대니얼스는 너튜브 개인 방송인 '더 독해져서 돌아온 독한 야구' 방송을 기다렸었다.

지난 두 차례 방송에서 '더 독해져서 돌아온 독한 야구'의 진행자는 마이애미 말린스의 문제점을 정확히 진단하고 해결책을 제시해 냈기 때문이었다.

"과연 해법을 제시할 수 있을까?"

그리고 잭 대니얼스가 우려한 이유는 '더 독해져서 돌아온 독한 야구'의 진행자라고 하더라도 과연 이 난관을 타개할 수 있는 해결책을 제시할 수 있을까에 대한 의문이 깃들어서였다.

"아시다시피 허니문 기간이 끝났습니다. 그리고 허니문 기간이 끝나며 이제 부부 싸움이 본격적으로 시작되고 있습니다."

'무척 적절한 비유로군.'

잭 대니얼스가 고개를 끄덕였다.

트레이드를 통해 새로이 마이애미 말린스로 합류한 선수들과 기존 마이애미 선수들 사이에 알력 싸움이 본격적으로 시작되려는 시점.

부부 싸움이라고 표현해도 과언이 아니었다.

"가장 이상적인 상황은 트레이드를 통해 새로이 마이애미 말린스로 합류한 네 선수와 기존 마이애미 말린스 소속 선수들이 포지션 경쟁을 하면서 시너지효과를 발생시키는 것입니다. 그렇지만 아까 제가 이상적인 상황이라고 말씀드렸던 이유는 현실에서는 이런 상황이 등장하기 힘들기 때문입니다. 따라서 어떤 해결책을 마련해야 하는데… 제가 생각해 낸 해결책은 경쟁입니다."

"경쟁… 이라."

'더 독해져서 돌아온 독한 야구'의 진행자가 제시한 해결책인 경쟁.

정확한 의미를 파악하기 힘들었다.

해서 잭 대니얼스가 고개를 갸웃한 순간, 진행자가 설명을 더했다.

"1+3, 2+2, 3+1, 제가 방금 드린 숫자들은 선발 라인업에 포함되는 기존 마이애미 말린스 소속 선수들과 새로이 마이애미 말린스로 합류한 선수들의 숫자입니다. 박힌 돌과 굴러온 돌을 적당히 섞어서 사용하는 방식인데, 이 방식이 효과가 없다는 것은 지난 경기를 통해서 이미 증명이 됐습니다. 조직력, 특히 수비 조직력에 문제가 발생할 수밖에 없다는 것을 확인했으니까요. 그리고 수비 조직력이 생기는 데는 오랜 시간이 걸릴 수밖에 없습니다. 아마 수비 조직력이라는 것이 간신히 생겼을 때는 시즌 막바지일 겁니다. 그리고 마이애미 말린스는 지구 최하위라는 성적표를 손에 들고 있을 겁니다."

"쩝."

잭 대니얼스가 입맛을 다셨다.

반박할 말을 찾고 싶었지만, 마땅히 반박한 말을 찾기 힘들 정도로 옳은 지적들이었기 때문이었다.

"따라서 마이애미 말린스의 선택지는 두 가지입니다. 굴러온 돌인 박건과 브라이언 마일스, 피터 알론소, 폴 바셋을 함께 출전시키는 라인업을 선택할 것인가? 박힌 돌인 피터슨 오브라이언과 마틴 프로도, 오스틴 딘, 브라이언 앤더슨을 라인업에 모두 복귀시킬 것인가? 이 두 가지 선택지 중에 하나를 택해야 합니다."

잭 대니얼스가 눈살을 찌푸렸다.

'더 독해져서 돌아온 독한 야구'의 진행자가 제시한 두 가지 선택지가 모두 썩 마음에 들지 않았기 때문이었다.

둘 중 어느 쪽을 선택하든 잭 대니얼스가 만족할 만한 경기력이 나오지 않았기 때문이었다.

"그래도 굳이 둘 중 하나를 택해야 한다면… 전자를 택해야지."

'더 독해져서 돌아온 독한 야구'의 진행자가 박힌 돌이라고 표현했던 네 선수를 선발 라인업에 복귀시킨다면?

다시 트레이드 이전의 마이애미 말린스로 돌아가는 셈이었다. 그리고 그것은 상상하는 것만으로도 끔찍했다.

"선택의 여지가 없다는 뜻인데……."

잭 대니얼스가 답답한 표정을 지었다.

전혀 해결된 것이 없다는 생각이 들어서였다.

그때, 진행자의 이야기가 다시 이어졌다.

"아까 제가 경쟁이 해결책이다. 이렇게 말씀드렸는데 방금 전 좀 더 적합한 표현이 떠올랐습니다. 바로 적자생존입니다. 경쟁에서 도태된 쪽은 살아남을 수 없으니까요. 그럼 이제 남은 것은 경쟁에서 도태된 선수들을 어떻게 활용하는가 여부입니다. 그리고 이건 이미 답이 나와 있습니다."

"어떤 답이 나와 있다는 거지?"

잭 대니얼스가 의문을 품었을 때, 진행자의 멘트가 이어졌다.

"도태된 선수들이 뛸 수 있는 새로운 팀을 찾아주는 겁니다."

     *   *   *

〈마이애미 말린스 선발 라인업〉

1. 피터슨 오브라이언.

2. 마틴 프로도.

3. 브라이언 할리데이.

4. 이안 카스트로.

5. 커티스 그랜더슨.

6. 닐 워커.

7. 브라이언 앤더슨.

8. 오스틴 딘

9. 샌디 알칸트라.

Pitcher. 샌디 알칸트라.

선발 라인업 명단이 적혀 있는 종이를 바라보던 조 매팅리가 머리를 긁적였다.

"낯이 익군."

이 선발 라인업은 자신이 작성한 것이 아니었다.

잭 대니얼스 단장이 작성한 선발 라인업이었다.

그럼에도 불구하고 낯익다는 생각이 든 이유.

트레이드 단행 이전의 마이애미 말린스 선발 라인업 명단이었기 때문이었다.

"무슨 생각을 하시는 걸까?"

조 매팅리가 답답한 한숨을 내쉬었다.

"어느새 꼴찌 팀에 어울리는 감독이 됐군."

일전에 잭 대니얼스 단장이 했던 지적이었다.

그 지적은 무척 아프게 다가왔었고, 조 매팅리는 많은 반성을 했다.

그리고 경기에서 지고 싶은 감독이 누가 있겠는가?

조 매팅리도 승부욕이 있었다.

당연히 연패를 끊고 승리하고 싶었다.

그런데 이 선발 라인업으로 승리하는 것은 어렵다는, 아니, 불가능하다는 생각이 들었다.

"다른 선수는 몰라도 박건까지 제외했다?"

현재 마이애미 말린스 야수들 가운데 가장 타격감이 좋은 선수가 박건이었다.

또, 박건은 외야 수비 능력도 뛰어났다.

말 그대로 공수의 핵심이라 할 수 있는 선수.

그런 박건까지 선발 라인업에서 제외한 잭 대니얼스 단장의 의중을 당최 파악하기 힘들었다.

"직접 물어봐야겠군."

선발 라인업을 통해서 잭 대니얼스 단장의 의중을 파악하는데 실패한 조 매팅리가 휴대전화를 집어 들었다.

"단장님, 이 선발 라인업을 작성한 의도가 무엇입니까?"

"잘 이해가 가지 않는가 보군."

"솔직히 말씀드리면 수용하기 어렵습니다."

"왜인가?"

"제가 감독이기 때문입니다."

"……?"

"경기에서 지고 싶은 감독은 없으니까요."

조 매팅리가 작심하고 입을 뗀 순간, 잭 대니얼스 단장이 물었다.

"이 선발 라인업으로 경기에 출전하면 필패다?"

"그렇습니다."

"그게 내가 바라는 것이네."

"네?"

"때론 지는 게 이기는 법이기도 하거든."

잭 대니얼스 단장의 이야기.

당최 이해하기 어려웠다.

그래서 조 매팅리가 재차 한숨을 내쉰 순간, 잭 대니얼스 단장이 덧붙였다.

"일종의 극약 처방이네."

마이애미 말린스와 애틀랜타 브레이브스의 3연전 2차전.

경기를 앞두고 조 매팅리 감독이 발표한 선발 라인업을 확인한 박건이 두 눈을 빛냈다.

자신이 선발 라인업에서 제외된 것을 확인했기 때문이었다.

그러나 선발 라인업에서 제외됐음에도 초조하거나 당혹스럽지는 않았다.

이런 상황을 이미 예상했기 때문이었다.

그럼에도 불구하고 불안한 마음까지는 완전히 지우기 힘들었다.

해서 박건이 안절부절못하고 있을 때, 이용운이 물었다.

"왜 그래?"

"네?"

"왜 똥 마려운 강아지처럼 어쩔 줄을 몰라 하고 있어?"

"그게… 좀 불안해서요."

"뭐가 불안하지?"

"이기면… 어쩌죠?"

박건이 불안해하는 부분.

트레이드 이전 선발 라인업으로 회귀한 마이애미 말린스가 오늘 경기에서 예상을 깨고 애틀랜타 브레이브스에게 승리를 거두는 것이었다.

"괜한 걱정이다."

그렇지만 이용운은 딱 잘라 말했다.

"왜 괜한 걱정이란 겁니까?"

"마이애미 말린스는 좋은 팀이 아니거든."

'이걸 좋아해야 해?'

박건은 현재 마이애미 말린스 소속 선수.

그런데 마이애미 말린스가 좋은 팀이 아니기 때문에 애틀랜타 브레이브스에게 승리를 거두지 못할 거란 이야기를 듣고서 어떤 반응을 보여야 할지 난감했다.

해서 박건이 애매한 표정을 짓고 있을 때, 이용운이 덧붙였다.

"걱정 붙들어 매고 휴가라 생각하며 푹 쉬어라."

*　　　　　*　　　　　*

슈아악.

딱.

둔탁한 타격음이 흘러나온 순간, 샌디 알칸트라가 고개를 돌렸다.

'잡아낼 거야.'

애틀랜타 브레이브스의 리드오프인 아지 알비스의 타구는 배트 하단에 맞고 유격수 앞으로 굴러가는 땅볼타구였다.

빗맞은 터라 타구의 속도가 느리다는 점, 그리고 아직 알비스의 발이 무척 빠르다는 점은 불안 요소였지만, 샌디 알칸트라는 걱정하지 않았다.

유격수가 충분히 타자주자를 잡아낼 수 있는 타구라고 판단했기 때문이었다.

"세이프."

그러나 샌디 알칸트라의 예상은 빗나갔다.

유격수인 브라이언 앤더슨의 대시가 늦은 탓에 타자주자인 아지 알비스는 1루에서 세이프 판정을 받았다.

그 일련의 과정을 지켜본 후, 샌디 알칸트라가 눈살을 찌푸렸다.

'폴 바셋이 아니지.'

수비가 좋은 유격수인 폴 바셋이라면 충분히 타자주자인 아지 알비스를 1루에서 아웃시킬 수 있을 것이다.

이렇게 판단하고 안심했었다.

그런데 오늘 경기에 유격수로 출전한 것은 폴 바셋이 아니었다.

브라이언 앤더슨이 선발 유격수로 경기에 출전했다.

'내 실수야.'

트레이드를 통해서 마이애미 말린스로 네 선수가 합류한 후, 샌디 알칸트라는 이전에 비해 한결 편안한 마음으로 투구했다.

'수비가 좋은 야수들이 내 등 뒤에 있다.'

이런 믿음이 생겼기 때문이었다.

그런데 오늘 경기에서 첫 타자인 아지 알비스를 상대하고 난 후, 샌디 알칸트라는 불편해지기 시작했다.

'폴 바셋만 없는 게 아냐.'

박건과 피터 알론소, 폴 바셋, 브라이언 마일스의 공통점.

기본 이상의 수비력을 갖추었다는 점이었다.

그들 덕분에 지난 몇 경기에서 샌디 알칸트라는 마운드에서 편안하게 투구했었다.

그런데 오늘 경기에서는 그 네 선수가 동시에 선발 라인업에서 제외됐다.

다시 예전의 마이애미 말린스로 회귀한 상황.

'괜찮을 거야.'

샌디 알칸트라가 불편해지려는 마음을 애써 떨치기 위해서 노력하며 2번 타자 조쉬 도날드슨을 상대하기 시작했다.

· 2볼 1스트라이크 상황에서 샌디 알칸트라가 선택한 구종은 슬라이더.

슈악.

따악.

'됐다.'

경쾌한 타격음이 들린 순간, 샌디 알칸트라가 속으로 쾌재를 불렀다.

배트 중심에 걸린 잘 맞은 타구였지만, 땅볼타구의 코스는 2루수 정면.

4—6—3으로 이어지는 병살플레이를 유도해 냈다고 판단해서였다.

"아웃."

그러나 2루수 마틴 프로도는 타구를 포구한 후 2루가 아닌 1루로 송구하는 선택을 내렸다.

그 모습을 지켜보던 샌디 알칸트라가 눈살을 찌푸렸다.

'런앤드히트(Run and Hit) 작전이 걸렸어.'

작전이 걸렸던 탓에 1루 주자 아지 알비스의 스타트가 빨랐던 것은 사실이었다. 그러나 타구 속도가 빨랐던 터라 1루 주자를 2루에서 잡아낼 수 있었던 타이밍이었다.

'공을 글러브에서 빼내는 과정에서 한 번 더듬었어.'

그럼에도 불구하고 2루수 마틴 프로도가 2루가 아닌 1루로 송구하는 선택을 내린 이유는 글러브에서 공을 빼내는 과정이 매끄럽지 않아서였다.

'기록되지 않는 실책.'

마틴 프로도를 노려보던 샌디 알칸트라의 낯빛이 붉게 달아올랐다.

유격수 브라이언 앤더슨에 이어서 2루수 마틴 프로도까지.

내야 수비의 핵심이라 할 수 있는 마이애미 말린스의 키스톤 콤비는 경기가 시작하자마자 기록되지 않는 실책을 두 차례나 저질렀다.

그로 인해 1사 2루의 실점 위기에 처하자, 애서 떨쳐냈던 불편함이 샌디 알칸트라의 가슴을 죄어오기 시작했다.

'야수들을 믿을 수 없다.'

이렇게 판단한 샌디 알칸트라에게 남은 선택지는 하나였다.

타자들을 삼진으로 돌려세우면서 스스로 위기를 탈출하는 것이었다. 그러나 그게 뜻대로 되지 않았다.

'더 정교하게 제구해야 한다.'

이런 각오로 프레디 프리먼을 상대했지만, 결과는 좋지 않았다.

슈아악.

퍼억.

샌디 알칸트라는 몸쪽 꽉 찬 코스에 직구를 던지려다가 3번 타자 프레디 프리먼에게 사구를 허용했다. 그리고 4번 타자 로날드 아쿠냐 주니어와의 승부 결과도 좋지 않은 것은 마찬가지였다.

슈악.

샌디 알칸트라가 풀카운트에서 결정구로 구사한 공은 체인지업.

그러나 로날드 아쿠냐 주니어의 배트를 끌어내는 데 실패했다.

"볼넷."

1사 만루로 상황이 변한 순간, 샌디 알칸트라가 크게 숨을 내쉬었다. 그리고 5번 타자인 찰리 컬버슨과 신중하게 승부를 시작했다.

역시 풀카운트까지 이어진 승부.

샌디 알칸트라는 이번에도 결정구로 체인지업을 선택했다. 그리고 로날드 아쿠냐 주니어와 찰리 컬버슨은 달랐다.

로날드 아쿠냐 주니어는 참아낸 반면, 찰리 컬버슨은 배트를 휘둘렀다.

슈악.

딱.

둔탁한 타격음과 함께 찰리 컬버슨의 타구는 높이 떠올랐다.

좌익수가 원래 수비위치에서 두 걸음가량 전진했다.

'못 들어와.'

3루 주자가 태그업을 시도해서 홈승부를 하기에는 짧은 타구.

그래서 샌디 알칸트라가 안도의 한숨을 내쉬었을 때였다.

타다닷.

좌익수가 포구한 순간, 3루 주자인 아지 알비스가 태그업을 시도했다.

샌디 알칸트라가 예상치 못했던 홈승부가 펼쳐졌다. 그리고 홈승부의 결과도 샌디 알칸트라의 예상과는 달랐다.

"세이프."

좌익수의 홈송구가 높았던 탓에 태그업을 시도했던 아지 알비스는 비교적 여유 있게 세이프 선언을 받았다.

0—1.

선취점을 허용한 샌디 알칸트라가 입술을 꽉 깨물었다.

'박건이었다면?'

오스틴 딘이 아니라 박건이 좌익수로 출전했다면, 강하고 정확한 송구로 태그업을 시도했던 3루 주자 아지 알비스를 잡아냈을 거란 생각이 들었다.

아니, 좌익수로 박건이 출전했다면, 3루 주자 아지 알비스가 태그업을 시도하지도 못했으리라.

허용하지 않아도 될 실점을 허용했단 생각에 샌디 알칸트라는 분노가 치밀었다.

그 분노는 실투로 이어졌다.

슈아악.

따악.

애틀랜타 브레이브스의 6번 타자 닉 마카킨스는 가운데로 몰린 직구를 놓치지 않았다.

'넘어갔다.'

샌디 알칸트라는 고개를 돌려서 타구를 살피는 대신 마운드 위에 주저앉았다.

과정은 잊히고 결과만 남는 것이 야구.

마이애미 말린스의 에이스인 자신이 1회 초에 4실점을 허용했다는 결과로만 평가를 받을 것이 자명했다.

'빌어먹을.'

샌디 알칸트라가 글러브를 벗어서 바닥에 내던졌다.

마운드에 서 있는 것이 불편해서 견딜 수 없었다.

제7장

슈악.

딱.

오스틴 딘의 타구는 높이 솟구쳤다.

애틀랜타 브레이브스의 2루수가 잡아내며 경기는 종료됐다.

'무기력하기 짝이 없네.'

더그아웃에서 경기를 지켜본 박건이 떠올린 관전평이었다.

최종 스코어 0-6.

마이애미 말린스는 영봉패를 당하며 애틀랜타 브레이브스에게 시리즈 스윕을 당했다. 그리고 마이애미 말린스 홈 팬들도 형편없는 경기력에 실망한 것은 마찬가지였다.

우우.

우우우.

거센 야유를 쏟아내는 분노한 홈 팬들을 박건이 응시하고 있을 때였다.

"내 말이 맞았지?"

"……?"

"마이애미 말린스는 좋은 팀이 아니라고 했잖아."

박건이 쓴웃음을 머금었다.

'트레이드 이전 선발 라인업으로 회귀한 마이애미 말린스가 예상을 깨고 애틀랜타 브레이브스에게 승리를 거두는 게 아닐까?'

이런 불안감을 갖고 있었는데.

이용운의 말처럼 괜한 걱정이었다.

2차전 0—8.

3차전 0—6.

예전 선발 라인업으로 회귀한 마이애미 말린스는 지난 두 경기에서 최악의 경기력을 선보이며 잇따라 패했다.

그때, 이용운이 다시 입을 뗐다.

"기대해라."

"뭘 기대하란 말입니까?"

"오늘 라커룸 분위기가 끝내줄 테니까 기대해도 좋다."

　　　　　＊　　　　　　＊　　　　　　＊

　"최종 스코어 0-6으로 마이애미 말린스가 패배했다는 소식을 전해 드리며 오늘 경기 중계를 마치겠습니다. 시청해 주셔서 감사합니다."

　서동재 아나운서의 정리 멘트를 끝으로 경기 중계가 끝났다. 그리고 중계를 마치자마자 허기원이 답답한 한숨을 내쉬며 입을 뗐다.

　"시청률이 더 떨어졌겠네."

　2차전에 이어서 3차전도 박건은 경기에 출전하지 않았다.

　그로 인해 시청률이 하락할 것을 허기원이 걱정했을 때, 서동재가 말을 받았다.

　"비상입니다, 비상."

　"응?"

　"메이저리그 중계권 따내자마자 마이애미 말린스가 연패에 빠진 데다가 박건 선수는 경기 출전도 못 하고 있습니다. 벌써 마가 꼈다. 사기를 당했다. 이런 이야기가 쏟아져 나오고 있답니다."

　"큰일이구먼."

　"그러니까요."

　허기원과 함께 걱정하던 서동재가 윤재규에게 의아한 시선을 던졌다.

"윤 위원님은 걱정되지 않으세요?"

"걱정 안 합니다."

"왜 걱정이 안 되는 겁니까?"

"곧 박건 선수가 다시 경기에 출전할 테니까요. 그리고 마이 애미 말린스는 다시 반등할 테니까요."

윤재규가 힘주어 대답한 순간, 서동재가 다시 물었다.

"그걸 어떻게 확신하십니까?"

"바닥을 쳤으니까요."

"······?"

"더 나빠질 게 없지 않습니까?"

원하던 대답이 아니기 때문일까.

서동재가 불신 섞인 시선을 던지는 것을 확인한 윤재규가 덧붙였다.

"두고 보십시오. 제 말대로 될 테니까요."

*　　　　*　　　　*

스윽.

눈을 뜨자 낯선 풍광이 들어왔다.

낯설게 느껴지는 하얀색 천장을 가만히 바라보던 배동국이 이내 눈살을 찌푸렸다.

배에서 통증이 느껴졌기 때문이었다.

"아빠, 깼어?"

잠시 후 배동국이 놀란 표정을 지었다.

딸의 목소리가 들렸기 때문이었다.

"배지혜."

"다행이다."

"뭐가 다행이란 거야?"

"딸내미 얼굴은 알아보니까."

생긋 웃으며 대답하는 지혜에게 배동국이 물었다.

"병원이야?"

"응."

"내가 왜 병원에 있는 거야?"

"전혀 기억 안 나나 보네."

"뭐가 어떻게 된 거야?"

"아빠 사고 났었어."

"사고? 무슨 사고?"

"교통사고. 진짜 아무것도 기억이 안 나?"

배동국이 두 눈을 깜박이며 서둘러 기억을 더듬었다.

'퇴근하려고 차에 탔었어. 그리고 신호가 바뀌어서 액셀을 밟았는데……'

배동국이 이내 눈살을 찌푸렸다.

거기서 기억이 끊겼기 때문이었다. 그리고 지혜는 눈치가 빨랐다.

배동국이 당시를 기억 못 한다는 것을 알아채고 재빨리 설명을 해주었다.

"아빠가 운전하던 차가 신호에 걸려서 멈춰 서 있던 앞차를 추돌했어. 그 앞차 운전자가 아빠가 의식을 잃고 쓰러져 있는 것을 발견하고 바로 119에 신고했어."

"내가 왜⋯⋯?"

"혈압이 높았대. 그리고 혈압만 높았던 게 아냐. 위경련과 장염 증상도 있다고 의사 선생님이 그랬어."

'운이 좋았네.'

비로소 자신에게 벌어졌던 일에 대해서 알게 된 배동국이 가장 먼저 떠올린 생각이었다.

'만약 고속도로 주행 중에 의식을 잃었다면?'

대형 사고로 이어졌을 터.

퇴근 시간대라 꽉 막혔던 도심 도로에서 신호 대기 중에 의식을 잃었던 것은 천운이나 다름없었다.

다음으로 미안한 감정이 들었다.

'많이 놀랐겠네.'

지금 병실에 앉아 있는 지혜와 가족들이 자신의 소식을 전해 듣고 많이 놀랐을 것이 분명했다.

그로 인해 미안함을 느끼며 배동국이 입을 뗐다.

"많이 놀랐지?"

"엄청 놀랐어. 난 아빠가 강철 인간인 줄 알았거든."

"강철 인간?"

"아빠는 절대 아프지 않을 거라고 줄곧 생각했었어."

배동국이 쓴웃음을 지었다.

잔병치레도 없었고, 건강검진도 꼬박꼬박 받았었다.

그래서 건강에는 나름대로 자신이 있었는데.

배동국 역시 이런 상황이 당혹스럽기는 마찬가지였다.

그때, 지혜가 조심스럽게 입을 뗐다.

"의사 선생님이 극심한 스트레스가 원인인 것 같다고 그랬어. 혹시 요새 스트레스받는 일 있었어?"

'박건!'

지혜의 질문을 받은 순간, 배동국이 바로 떠올린 이름이었다.

TBS 스포츠채널에서 메이저리그 중계권을 따내자마자 마치 기다렸다는 듯이 마이애미 말린스는 연패에 빠졌다.

그것만으로도 충분히 스트레스를 받는 상황이었는데.

박건마저 선발 라인업에서 제외되며 경기에 출전하지 못했다.

메이저리그 중계권 협상을 진두지휘했던 배동국 입장에서 스트레스를 받지 않았다면 거짓말이었다.

"윽!"

박건을 떠올렸던 배동국이 신음성을 내뱉었다.

다시 스트레스를 받아서일까.

갑자기 배에서 극심한 통증이 밀려들었기 때문이었다.

"왜 그래? 의사 선생님 부를까?"

"괜찮아."

"진짜 괜찮아?"

"괜찮다니까."

"혹시……."

"혹시 뭐야?"

"박건 선수랑 친해?"

배동국이 두 눈을 크게 떴다.

지혜의 입에서 박건의 이름이 흘러나올 것이라 예상치 못했기 때문이었다.

"네가 박건 선수를 어떻게 알아?"

"나 아빠 딸이거든. 아빠 딸로 살다 보니까 어지간한 야구 전문가 뺨치는 수준이야. 그런데 박건 선수를 모르겠어?"

배동국이 쓴웃음을 머금었을 때였다.

"미리 알려주지 그랬어?"

"뭘?"

"박건 선수와 친한 것 말이야. 나도 박건 선수 팬이거든."

"별로 안 친해."

배동국이 솔직히 말했다.

업무적인 문제로 박건과 몇 차례 연락을 하긴 했지만, 개인적으로 친분이 있는 것은 아니었기 때문이었다.

"친한 것 같던데?"

그때 지혜가 고개를 갸웃하며 다시 입을 뗐다.

"왜 그렇게 생각했어?"

"쾌유를 빈다고 했거든."

"누가 쾌유를 빈다고 했단 거야?"

"박건 선수가 그랬어."

배동국이 당황한 기색을 드러냈다.

지금의 상황이 잘 이해가 가지 않았기 때문이었다.

'어떻게 알았지?'

자신이 교통사고로 입원했다는 사실을 박건이 알고 있다는 것부터 이상했다.

"박건 선수가 내가 입원한 걸 어떻게 알았지?"

해서 배동국이 혼잣말을 중얼거렸을 때였다.

"내가 알렸어."

지혜가 말했다.

"지혜, 네가 알렸다고?"

"응."

"어떻게?"

"까톡 하다가 말했어."

"······?"

"혹시나 오해할까 봐 미리 말하는데 내가 먼저 까톡 메시지 보낸 것 아냐. 박건 선수가 먼저 까톡 메시지를 보냈어. 그래서

난 답장을 했던 거고."

"박건이 먼저 까톡 메시지를 보냈다고?"

"그렇다니까."

"뭐라고 보냈는데?"

지혜가 대답했다.

"끝날 때까지 끝난 게 아니다."

*   *   *

―끝날 때까지 끝난 게 아니다.

뉴욕 양키스의 레전드 선수인 요기 베라가 한 말이었다.

스포츠채널 CP인 배동국이 이 말을 모를 리 없었다.

'대체 왜 이런 까톡 메시지를 보낸 거지?'

박건의 의중을 파악하기 힘들었다. 그래서 배동국이 미간을 찌푸렸을 때, 지혜가 휴대전화를 눈앞에 들이밀었다.

"아빠가 직접 봐."

배동국이 휴대전화에 시선을 고정했다.

〈끝날 때까지 끝난 게 아니다. 요기 베라가 했던 명언, 알고 계시죠? 너무 초조해하지 마세요. 아직 끝난 것 아닙니다. 이제 시작입니다.〉

배동국의 눈동자가 흔들렸다.

박건이 이런 메시지를 보낸 이유가 짐작이 갔다.

배동국은 메이저리그 중계권 협상을 진두지휘했던 책임자.

그런데 TBS 스포츠채널에서 거액을 쏟아부어 메이저리그 중계권을 따내자마자, 마이애미 말린스는 연패에 빠졌다.

그게 다가 아니었다.

박건마저 선발 라인업에서 제외되기 시작했다.

배동국의 입장이 난처해진 것은 당연지사.

그리고 배동국의 처한 상황이 좋지 않다는 것을 짐작한 박건은 위로할 요량으로 이런 메시지를 남긴 것이었다.

'생각보다 괜찮은 선수네.'

이런 마음 씀씀이를 보여주는 선수는 극히 드물었다.

해서 배동국이 속으로 생각하며 박건과 지혜가 주고받은 까까오톡 메시지 내용을 계속 읽어 내려가기 시작했다.

〈진짜 마이애미 말린스에서 뛰고 있는 박건 선수인가요?〉

〈네. 그런데 배동국 CP님이 아니신가요?〉

〈저는 배지혜라고 합니다. 아빠가 입원하셔서 제가 병실을 지키고 있던 와중에 까까오톡 메시지가 도착해서 답장을 했습니다.〉

〈많이 안 좋으신가요?〉

〈가벼운 접촉 사고예요. 그런데 요새 스트레스가 심했는지 아빠 몸 상태가 많이 나빠지셨다고 하네요 ㅠㅠ〉

〈무슨 일 때문인지 짐작이 갑니다. 깨어나시면 쾌유를 빈다고 전해주십시오.〉

〈감사합니다. 그런데 하나만 물어볼게요. 아까 끝날 때까지는 끝난 게 아니라는 메시지를 보내셨잖아요? 무슨 뜻인가요?〉

〈너무 초조해하지 마시란 뜻이었습니다. 음, 제가 곧 선발 라인업에 복귀할 거란 말씀도 전해주십시오. 그럼 좀 힘이 나실 겁니다. 그리고 마이애미 말린스는 여전히 우승을 목표로 하고 있단 말씀도 전해주십시오.〉

'박건이 곧 선발 라인업에 복귀한다?'

배동국이 두 눈을 빛냈다.

듣던 중 반가운 소식이었기 때문이었다.

'그리고… 우승이 목표다?'

잠시 후, 배동국의 시선을 사로잡은 것은 박건이 보낸 메시지의 마지막 문장이었다.

11연승 후 6연패에 빠진 마이애미 말린스는 현재 지구 최하위에 처져 있었다.

우승과는 거리가 멀었다.

그런데 박건이 우승이란 목표를 언급한 것은 분명 의외였다.

"지금 몇 시야?"

"8시 좀 넘었을걸."

"빨리 TV 틀어봐."

"TV는 왜?"

"중계 좀 보려고."

"마이애미 말린스 경기 중계?"

"그래."

"시청 금지입니다."

지혜는 배동국의 바람대로 TV를 틀지 않았다.

대신 TV 시청 금지라는 대답을 꺼냈다.

"의사가 TV도 보지 말래?"

"그런 얘긴 없었어."

"그런데 왜 TV 시청 금지라는 거야?"

"아빠의 병세가 악화될 것 같아서."

"응?"

"아빠의 스트레스 원인이 마이애미 말린스 때문이잖아. 그런데 마이애미 말린스 경기를 보고 더 큰 스트레스를 받을까 봐 걱정돼서 그래."

"그래도 틀어봐."

"하지만……."

"안 보면 더 스트레스받을 것 같아서 그래."

배동국이 재촉하자, 지혜가 한숨을 내쉰 후 마지못한 표정으로 리모컨을 찾아서 TV를 켰다.

1—3.

배동국이 가장 먼저 확인한 것은 스코어였다.

마이애미 말린스가 샌디에이고 파드리스에 두 점 차로 뒤지고 있는 것을 확인한 배동국이 슬쩍 눈살을 찌푸렸다. 그리고 지혜는 그 표정 변화를 놓치지 않았다.

"스트레스받는 것 맞네. TV 끈다?"

"기다려 봐."

TV를 끄려는 지혜를 만류한 배동국이 서둘러 이닝을 확인했다.

'9회 초 마이애미 말린스의 마지막 공격이니까 패색이 짙네. 그런데… 어떻게 1점을 올렸던 거지?'

연패 기간 동안 마이애미 말린스의 타선은 최악이라 해도 과언이 아닐 정도로 침체되어 있었다.

게다가 타격감이 좋았던 박건마저 선발 라인업에서 제외된 상황.

마이애미 말린스가 대체 어떻게 득점을 올렸는가에 대해서 의문이 깃든 것이었다. 그리고 그 의문을 해소해 준 것은 서동재 아나운서였다.

"7회 초 공격에서 대타자로 출전했던 피터 알론소 선수의 적시타로 간신히 한 점을 만회하긴 했지만, 마이애미 말린스의 타선은 오늘도 답답합니다. 9회 초 2사 주자 없는 상황, 이변이 없다면 마이애미 말린스가 7연패로 빠질 것 같은 상황인데요."

"아직 포기하기는 이릅니다."

"왜 포기하기는 이르단 겁니까?"

"마이애미 말린스의 조 매팅리 감독이 승부수를 띄울 겁니다. 제 예상대로 첫 번째 승부수를 띄웠네요. 폴 바셋 선수가 대타자로 출전하고 있습니다."

배동국이 다시 두 눈을 빛냈다.

조금 전 윤재규 해설위원의 말처럼 아직 포기하기는 일렀다.

지난 두 경기와 달리 마이애미 말린스의 조 매팅리 감독이 피터 알론소와 폴 바셋을 대타자로 기용하고 있었기 때문이었다.

'이 승부수가 먹힐까?'

배동국이 TV에 시선을 고정했다.

＊　　　　　＊　　　　　＊

'너무… 늦지 않았나?'

대타자로 타석에 들어서는 폴 바셋의 모습을 지켜보던 박건이 퍼뜩 떠올린 생각이었다.

마이애미 말린스 VS 샌디에이고 파드리스.

양 팀의 맞대결이 메이저리그 팬들의 관심을 잡아끈 것은 꼴찌 팀들의 맞대결이었기 때문이었다.

마이애미 말린스는 내셔널리그 동부 지구 최하위 팀.

샌디에이고 파드리스는 내셔널리그 서부 지구 최하위 팀.

—과연 어느 팀이 더 약체일까?

이런 호기심이 메이저리그 팬들의 이목을 집중시킨 요인이었다.

그리고 현재까지는 마이애미 말린스가 더 약체라는 사실이 드러났다.

1—3.

두 점 차로 뒤지고 있는 데다가 9회 초 마지막 공격에서도 2사 주자 없는 현 상황.

오늘 경기 마이애미 말린스의 패색이 짙다는 것을 부인하기 힘들었으니까.

그리고 박건이 폴 바셋을 대타자로 기용하는 것이 너무 늦었다고 판단한 이유도 여기에 있었다.

'좀 더 일찍 대타자로 기용하는 편이 낫지 않았을까?'

기왕 폴 바셋을 대타자로 기용할 것이었다면, 9회 초 마이애미 말린스의 마지막 공격이 시작하자마자 출전시키는 편이 나았을 것이란 생각이 자꾸 들었다.

그렇지만 조 매팅리 감독은 2사 주자 없는 상황에서 투수 타석이 되고 나서야 폴 바셋을 대타자로 기용했다.

"너무 늦었다고 생각하는 거지?"

그때 이용운이 불쑥 질문했다.

"어차피 폴 바셋을 대타자로 기용할 것이었다면 더 일찍 투입하는 편이 낫지 않았을까? 이런 아쉬움이 깃드는 것은 사실입니다."

박건이 솔직하게 의견을 밝히자 이용운이 말을 받았다.

"조 매팅리 감독도 같은 생각을 했을 것이다."

"네?"

"그래서 9회 초가 시작되자마자 폴 바셋을 대타자로 기용하고 싶은 마음이 굴뚝같았을 것이다. 아니, 어쩌면 8회부터였을지도 모르지."

"그런데 왜 일찍 기용하지 않은 겁니까?"

"용케 참아낸 거지."

"……?"

"가장 극적인 순간에 반전이 일어나야 더욱 주목받기 쉽거든."

'극적인 순간에 일어나는 반전이라.'

박건이 속으로 그 말을 곱씹었다.

마이애미 말린스가 두 점 차로 뒤지고 있는 상황.

정규이닝 마지막 공격인 9회 초 2사 주자가 없는 상황에서 샌디에이고 파드리스의 마무리투수인 안데르센 에스피노자를 무너뜨리고 역전에 성공한다면?

가장 극적인 순간에 반전을 만들어내는 셈이기는 했다.

그때, 이용운이 다시 말했다.

"비교우위."

"비교우위… 요?"

"조 매팅리 감독과 잭 대니얼스 단장은 비교우위를 보여주려고 인내심을 갖고 지금까지 기다렸다."

이용운이 말을 마친 순간이었다.

따악.

경쾌한 타격음이 흘러나왔다.

그라운드로 고개를 돌린 박건의 눈에 중견수 앞에 떨어지는 폴 바셋의 타구가 보였다.

'일단… 폴 바셋은 출루에 성공했다.'

2사 1루로 상황이 바뀐 순간, 조 매팅리 감독은 또다시 대타자를 기용하는 선택을 내렸다. 그리고 조 매팅리 감독이 선택한 대타자는 브라이언 마일스였다.

"준비해라."

그때 이용운이 말했다.

박건은 그 말의 의미를 금세 파악했다.

조 매팅리 감독이 브라이언 마일스 다음으로 자신을 대타자로 기용할 테니 경기에 출전할 준비를 하라는 뜻이었다.

그럼에도 불구하고 박건은 확신을 갖지 못했다.

조 매팅리 감독이 자신을 대타자로 기용하는 선택을 내리는 것에 대한 확신이 없는 것이 아니었다.

과연 자신이 대타자로 타석에 설 기회가 있을까 여부에 대한 확신을 갖지 못한 것이었다.

'일단 준비는 하자.'

현재로서는 브라이언 마일스가 출루하길 바랄 수밖에 없었다. 그리고 브라이언 마일스는 과감하게 초구부터 공략했다.

슈악.

딱.

'빗맞았다.'

배트 끝에 걸린 타구는 느린 속도로 3루수 앞으로 굴러갔다.

3루수가 전진하며 맨손으로 타구를 잡아낸 후, 1루로 송구했다.

'아웃 타이밍.'

브라이언 마일스는 발이 빨랐지만, 샌디에이고 파드리스 3루수의 수비도 좋았다. 그래서 브라이언 마일스가 1루에서 아웃될 거라 예상한 순간, 변수가 발생했다.

툭.

3루수의 송구는 원바운드를 일으켰고, 1루수는 원바운드 송구를 잡아내지 못하고 떨어뜨렸다.

1루수가 바닥에 떨어진 공을 다급히 집어 들었지만, 그사이 브라이언 마일스는 1루 베이스를 통과한 후였다.

"세이프."

2사 1, 2루로 상황이 바뀐 순간, 박건이 일단 안도의 한숨을 내쉬었다.

자신이 대타자로 타석에 들어설 기회가 찾아왔기 때문이었다.

"박건, 대타자로 나간다."

예상대로 조 매팅리 감독은 박건을 대타자로 기용하는 선택을 내렸다.

'운이 좋았어.'

타석을 향해 걸어가던 박건이 떠올린 생각이었다.

브라이언 마일스가 출루에 성공한 것이 운이 좋았기 때문이라고 생각했지만, 이용운의 의견은 달랐다.

"도긴개긴이지."

"……?"

"샌디에이고 파드리스도 마이애미 말린스 못지않게 약팀이거든."

"무슨 뜻입니까?"

"수비가 엉망이란 뜻이다."

'아주 틀린 말은 아니네.'

3루수는 어깨가 약해서 원바운드 송구를 했고, 1루수는 잡을 수 있는 원바운드 송구를 단번에 포구하는 데 실패했다.

마이애미 말린스 못지않은 형편없는 수비력이었다.

"지구 꼴찌를 하는 데는 다 이유가 있는 법이다."

어김없이 이용운의 독설이 이어졌지만, 박건은 한 귀로 듣고 한 귀로 흘렸다.

지금은 샌디에이고 파드리스 구단을 향해 이용운이 던지는 독설에 맞장구를 칠 때가 아니었다.

어렵게 찾아온 기회를 살려야 할 때였다.

'하던 대로.'

두 경기를 쉬었다고 해서 타격감이 식지는 않았다.

또 너무 욕심을 내봐야 몸에 힘이 들어가며 역효과가 날 터.

박건은 하던 대로 하기로 결심하고 타석에 들어섰다.

'직구.'

오늘 경기에 출전할 것을 예상치 못했던 상황.

그래서 샌디에이고 파드리스의 클로저인 안데르센 에스피노자에 대해서 제대로 분석을 마치지 못한 상태였다.

그럼에도 불구하고 박건이 직구를 던질 거라 예상한 이유.

루상에 주자인 폴 바셋과 브라이언 마일스 때문이었다.

2사 1, 2루와 2사 2, 3루는 천지 차이였다.

2사 2, 3루로 상황이 바뀌면 짧은 안타에도 동점을 허용할 수 있어서였다.

그래서일까.

안데르센 에스피노자는 주자들에 계속 신경을 쓰고 있었다.

'더블스틸 작전을 의식하고 있을 거야.'

이런 상황에서 유인구를 던지는 선택을 내리는 것은 쉽지 않았다.

이것이 박건이 안데르센 에스피노자가 직구를 던질 거라고 판단한 근거였다.

슈아악.

박건의 예상은 적중했다.

안데르센 에스피노자는 초구로 바깥쪽 직구를 선택했다.

'볼!'

스트라이크존을 벗어난 낮은 코스로 파고드는 직구를 박건이 밀어 쳤다.

따악.

배트 끝에 걸린 타구였지만, 완벽한 타이밍에 걸린 터라 타구는 1루수의 키를 훌쩍 넘기고 떨어졌다.

'됐다.'

펜스까지 굴러가는 타구를 확인한 박건이 2루로 내달렸다.

"멈춰라."

이용운의 지시대로 2루에서 멈춰 선 박건이 주먹을 불끈 움켜쥐었다.

3—3.

9회 초 마지막 공격, 박건의 2타점 적시 2루타가 터지면서 마이애미 말린스는 극적인 동점을 만들어내는 데 성공했다.

*   *   *

"마이애미 말린스의 3번 타자 브라이언 할리데이는 오늘 경기에서 3타수 무안타를 기록하고 있습니다. 박건 선수가 2루에 진루해 있는 상황. 2사 후인 만큼 짧은 안타만 나와도 마이애미 말린스가 역전을 해낼 수 있습니다. 자, 어떻게 될까요? 쳤습니다. 아, 높이 솟구친 타구가 멀리 뻗지 못하네요. 샌디에이고 파드리스의 중견수가 좌측으로 이동해서 타구를 잡아내면서 마이애미 말린스의 9회 초 공격이 끝났습니다. 많이 아쉽습니다. 그렇지만 대타자로 출전한 박건 선수가 2타점 적시 2루타를 때려내면서 마이애미 말린스는 9회 초에 극적인 동점을 만들어내는 데 성공했습니다."

오늘 경기 선발 라인업에서 제외됐던 박건이 경기 막판 대타자로 출전한 데다가, 극적 동점을 만드는 2타점 적시 2루타를 때려냈기 때문일까.

서동재 아나운서의 목소리는 잔뜩 상기되어 있었다.

"야구는 9회 2사 후부터 시작이라는 명언이 떠오르는 명장면이었는데요. 아직 포기하기는 이르다고 했던 윤재규 해설위원님의 예상이 적중했습니다. 마이애미 말린스가 9회 초에 동점을 만들어낼 것을 어떻게 예상하셨던 겁니까?"

"폴 바셋과 브라이언 마일스, 박건 선수 이전에 대타자로 출전했던 두 선수는 휴식을 취하고 돌아온 상황이라 타격감이 올라와 있었습니다. 그래서 박건 선수가 타석에 들어설 기회만 생기면 마이애미 말린스가 동점을 만들어내는 것이 가능할 거다. 이렇게 예상했던 겁니다."

"그렇군요. 허기원 해설위원님, 마이애미 말린스가 9회 초에 극적인 동점을 만들어내면서 오늘 경기는 다시 미궁 속으로 빠져들었는데요. 오늘 경기의 승자, 어느 팀이 될 거라고 예상하십니까?"

"야구는 흐름과 분위기가 가장 중요합니다. 보셨다시피 마이애미 말린스가 9회 초에 극적인 동점을 만들며 상승세를 탄 만큼, 오늘 경기는 마이애미 말린스가 분명히 이길 겁니다."

아까 윤재규의 예측이 적중했던 것을 의식해서일까.

허기원은 확신에 찬 단호한 말투로 마이애미 말린스가 오늘 경기에서 승리할 것이라는 승부 예측을 했다.

"윤재규 해설위원님도 같은 의견이십니까?"

서동재가 질문을 던진 순간, 윤재규가 고개를 흔들었다.

"제 의견은 다릅니다."

"마이애미 말린스가 아니라 샌디에이고 파드리스가 오늘 경기의 승자가 될 거란 말씀이십니까?"

"그렇습니다."

"그렇게 예측하신 이유는요?"

"경기감각입니다. 마이애미 말린스가 9회 초에 동점을 만들어내는 데 성공한 만큼, 조 매팅리 감독은 팀의 마무리투수인 브래들리 쿡을 마운드에 올릴 겁니다."

"그럴 확률이 높죠."

"브래들리 쿡은 수준급 마무리투수가 맞습니다. 그렇지만 오늘 경기에 출전하는 브래들리 쿡에게는 한 가지 불안 요소가 있습니다. 그 불안 요소는 아까 말씀드렸던 경기감각입니다."

"잠시만요. 일단 윤재규 해설위원의 예측이 또 한 번 적중했습니다. 마이애미 말린스의 조 매팅리 감독은 9회 말 수비에 팀의 클로저인 브래들리 쿡을 마운드에 올렸습니다. 그럼 이제 브래들리 쿡의 불안 요소에 대해서 더 말씀을 들어봐야 할 것 같은데요. 브래들리 쿡의 불안 요소가 경기감각이라고 말씀하셨던 것에 대해서 부연을 좀 부탁드립니다."

"경기감각이란 것은 결국 얼마나 꾸준히 경기에 출전했는가와 연관이 있습니다. 그런데 마이애미 말린스의 마무리투수인 브래들리 쿡은 벌써 열흘 가까이 경기에 출전하지 못했습니다."

"마이애미 말린스가 연패에 빠져 있었으니까요."

"맞습니다. 그래서 마이애미 말린스의 마무리투수인 브래들리 쿡은 경기감각이 떨어져 있는 상태입니다. 그리고 이런 경우, 실투가 나올 가능성이 높습니다."

"자, 두 해설위원분들의 의견이 갈렸는데요. 어느 분의 예측이 맞을지… 아, 샌디에이고 파드리스의 선두타자 윌 마이어스 선수가 브래들리 쿡의 초구를 공략했습니다. 쭉쭉 뻗어 가는 타구. 넘어가나요? 설마 넘어가나요? 아… 넘어갔습니다. 아쉽습니다. 윌 마이어스의 끝내기 홈런이 나오면서 마이애미 말린스는 오늘 경기에서도 패배했습니다."

서동재 아나운서는 아쉬움에 말을 잇지 못했다.

승자 예측이 빗나갔기 때문일까.

허기원도 입을 꾹 다물고 있었다.

침묵을 깨기 위해서 윤재규가 서둘러 입을 뗐다.

"아쉬운 경기입니다. 그렇지만 마이애미 말린스는 오늘 경기를 통해서 얻은 게 있습니다."

"마이애미 말린스가 오늘 경기를 통해서 얻은 게 무엇입니까?"

서동재의 질문을 받은 윤재규가 대답했다.

"승리할 수 있는 확률을 높이기 위해서 어떤 방법을 사용해야 하는가에 대한 힌트를 얻었습니다."

제8장

　—싹 다 갈아엎어라.

　—오스틴 딘, 피터슨 오브라이언, 마틴 프로도, 브라이언 앤더슨. 이 선수들 또 나오면 관전 보이콧하겠음.

　—박건을 선발 라인업에서 제외한 이유가 대체 뭐냐? 박건보다 더 나은 선수가 지금 마이애미 말린스에 있냐?

　—감독은 대체 무슨 생각인지 모르겠음.

　—내가 감독 해도 더 잘하겠다.

　마이애미 말린스가 7연패를 당했다는 소식을 전하는 기사 하단에 달려 있는 댓글들이었다.

그 댓글들을 살피던 잭 대니얼스가 웃픈 표정을 지었다.

"여론은 바라던 대로 움직이고 있어."

이게 잭 대니얼스가 만족한 이유였다.

"극약 처방이 필요합니다."

'더 독해져서 돌아온 독한 야구'의 진행자는 방송 말미에 현재 마이애미 말린스에게 필요한 것이 극약 처방이라고 주장했다. 그리고 잭 대니얼스는 그 주장이 일리가 있다고 판단했다.

허니문 기간이 끝난 마이애미 말린스는 현재 부부 싸움이 격화되고 있는 상황.

그 부부 싸움을 최단 시간 안에 끝낼 수 있는 방법이 필요했는데.

'더 독해져서 돌아온 독한 야구' 진행자가 제시한 해법은⋯ 이혼이었다.

서로 갈라서면 부부 싸움은 더 벌어지지 않는다는 논리에 잭 대니얼스가 격하게 공감한 이유는 이혼 경험이 있어서일지도 몰랐다.

'안 맞는 건 안 맞는 거야.'

각자 다른 인생을 살아왔던 두 사람이 만난 것이 결혼이다.

그러니 서로 다른 것이 당연하니, 다른 부분을 인정하고 받아들여라.

그리고 서로 양보하면서 살아야 한다.

결혼 생활에 대한 조언들에 대해서는 잭 대니얼스도 잘 알고 있었다.

해서 자신과 아내의 성향이 많이 다르다는 것을 인정하고 받아들이려고 노력했다.

하지만 그건 무척 힘든 일이었다.

치열하게 싸웠다.

부부 싸움은 칼로 물 베기?

헛소리에 불과했다.

어떤 접점을 찾아내기 위해서 싸우고 또 싸우던 도중, 한계에 다다랐다.

그렇게 반복되는 싸움에 지쳤을 때, 잭 대니얼스가 내린 결론은 아내와 갈라서는 것이었다.

이혼을 하고 나자 지긋지긋하던 싸움이 멈췄다.

또, 다름을 인정하기 위해 노력하지 않아도 됐다.

일단은 그걸로 충분했고, 잭 대니얼스는 이혼한 후의 삶에 만족하고 있었다.

그래서 잭 대니얼스는 또 한 번 이혼을 준비했다.

피터슨 오브라이언, 마틴 프로도, 브라이언 앤더슨, 오스틴 딘.

이 네 선수와 이혼하기로 결심했지만, 이혼은 생각만큼 간단한 사안이 아니었다.

법적 문제도 남아 있었고, 다른 이들의 시선도 의식하지 않을 수 없었다.

또 갈라설 이들의 미래도 신경 써야 했다.

"일단 이혼에 대한 공감대는 형성했어."

기사 아래 달려 있는 마이애미 말린스 팬들의 차가운 반응이 이혼에 대한 공감대를 형성하는 데 성공했다는 증거였다.

"그런데 조 매팅리 감독에게 좀 미안하군."

잠시 후 잭 대니얼스는 조 매팅리 감독에게 미안함을 느꼈다.

위에서 언급했던 네 선수를 선발 라인업에 포함시켰던 것.

조 매팅리 감독의 선택이 아니었다.

이혼에 대한 공감대를 형성하기 위해서 극약 처방을 내리기로 결정한 잭 대니얼스의 지시를 따랐던 것이었다.

하지만 팬들은 이런 속사정을 몰랐다.

그래서 자신이 아닌 조 매팅리 감독에게 비난을 쏟아내는 것이었고.

"빚을 졌어."

혼잣말을 꺼낸 후 잭 대니얼스가 생각의 물줄기를 바꾸었다.

"이제는 위자료 청구를 준비할 때야."

굳이 정하자면 유책배우자는 피터슨 오브라이언, 마틴 프로도, 브라이언 앤더슨, 오스틴 딘이었다.

마이애미 말린스 소속 선수로 고액의 연봉을 받고 있음에도 불구하고, 그동안 연봉에 걸맞은 활약을 하지 못했기 때문이었다.

그들과 이혼을 결심한 잭 대니얼스는 당연히 위자료를 청구할 예성이었다.

"위자료를 얼마나 받아낼 수 있을까?"

잭 대니얼스의 머릿속이 다시 바빠지기 시작했다.

*   *   *

〈마이애미 말린스 선발 라인업〉

1. 브라이언 마일스.
2. 피터 알론소.
3. 폴 잭슨.
4. 박건.
5. 이안 카스트로.
6. 커티스 그랜더슨.
7. 브라이언 할리데이.
8. 닐 워커.
9. 트레비스 리차즈.

Pitcher. 트레비스 리차즈.

샌디에이고 파드리스와의 3연전 2차전을 앞두고 조 매팅리 감독이 발표한 선발 라인업이었다.

"다시 예전으로 돌아왔네."

네 경기 만에 마이애미 말린스의 선발 라인업은 다시 예전으로 복귀했다.

선발 라인업을 확인한 박건이 더그아웃 분위기를 살폈다.

'더 이상 반발은 없어.'

피터슨 오브라이언과 마틴 프로도, 브라이언 앤더슨, 그리고 오스틴 딘은 다시 선발 라인업에서 제외됐음에도 노골적으로 불만을 표출하지 못했다.

심각한 표정으로 더그아웃 곳곳에 흩어져 있었다.

"표현은 못 하고 있지만 불만이 가득할걸."

박건이 그 반응을 살피고 있을 때, 이용운이 말했다.

"그래서 오늘 경기가 중요하다. 만약 마이애미 말린스가 바뀐 선발 라인업으로 승리를 거둔다면 인정하지 않을 수 없을 테니까."

"뭘 인정하지 않을 수 없단 겁니까?"

"본인들이 야구를 못한다는 것. 그리고 더 이상 마이애미 말린스에 본인들이 뛸 수 있는 자리가 남아 있지 않다는 것."

'비교우위.'

이용운의 대답을 들은 후, 박건이 떠올린 단어였다.

이용운의 말처럼 선발 라인업이 바뀐 마이애미 말린스가

샌디에이고 파드리스를 상대로 승리를 거두면서 연패를 끊어
낸다면?

극명한 비교가 될 터였다.

그렇지만 박건은 환하게 웃지 못했다.

'이길 수 있을까?'

오늘 경기 승리에 대한 확신이 없어서였다.

마이애미 말린스는 11연승 후 연패에 빠졌었다.

오늘과 같은 선발 라인업으로 경기에 나섰음에도 불구하고,
당시 마이애미 말린스의 경기력은 형편없었다.

그 원인은 브라이언 마일스와 폴 바셋, 피터 알론소가 동반
부진에 빠졌기 때문이었다.

'번아웃증후군(burnout syndrom)이라고 했었지.'

당시 이용운이 내렸던 진단은 번아웃증후군이었다.

그로부터 고작 며칠도 지나지 않은 시점.

오늘 경기에 선발 출전하는 브라이언 마일스와 폴 바셋, 피
터 알론소가 부진에서 탈출할 수 있을지 여부에 대한 확신이
없었다.

이것이 박건이 오늘 경기 승리에 대한 확신을 가지지 못하는
이유.

이런 박건의 우려를 알아챘을까.

이용운이 충고했다.

"알려줘라."

"뭘 알려주라는 겁니까?"

"오늘 경기가 얼마나 중요한지, 또 왜 중요한지 그들에게 알려 줘라. 그럼 동기부여가 될 테니까."

*　　　　　*　　　　　*

1회 초 마이애미 말린스의 공격.

샌디에이고 파드리스의 선발투수인 자비 게레로와 마이애미 말린스의 리드오프 브라이언 마일스는 풀카운트 승부를 펼쳤 다.

슈아악.

자비 게레로가 6구째로 던진 공은 바깥쪽 직구.

딱.

완벽에 가까운 제구였지만, 브라이언 마일스는 커트해 내는 데 성공했다.

딱. 딱. 딱.

그 후에도 브라이언 마일스는 세 개의 공을 더 커트해 내면 서 자비 게레로와의 승부를 10구까지 끌고 갔다.

"좋네."

더그아웃에서 승부를 지켜보던 박건이 감탄했다.

자비 게레로의 다양한 구종을 던지며 제구도 완벽에 가까웠 지만, 브라이언 마일스는 잇따라 커트해 내면서 승부를 길게 끌고 갔다.

가장 이상적인 리드오프로서의 면모를 보여주고 있다고 표현하면 될까.

"정신을 차린 것 같구나. 자칫 잘못하면 주전 경쟁에서 밀릴 수 있다. 그래서 다시 뉴욕 메츠에서처럼 경기에 나서지 못할 수도 있다는 위기감을 느낀 것이 타석에서 끈질긴 모습을 보여주고 있는 이유다."

이용운의 의견도 같았다.

슈악.

"볼넷."

그리고 브라이언 마일스는 10구까지 이어진 길었던 승부 끝에 볼넷을 얻어내 출루까지 성공했다.

스윽.

브라이언 마일스는 볼넷으로 출루하자마자, 리드 폭을 벌리면서 자비 게레로를 압박하기 시작했다.

쉬익. 쉬익.

잇따라 두 개의 견제구를 던지면서 1루 주자 브라이언 마일스를 의식하고 있던 자비 게레로가 피터 알론소를 상대로 초구를 던졌다.

슈아악.

따악.

피터 알론소는 자비 게레로의 초구 직구를 받아 쳐서 좌익수 앞에 떨어지는 깔끔한 안타를 빼앗아냈다.

짝짝짝.

무사 1, 2루로 상황이 바뀐 순간, 박건이 대기타석으로 걸어가며 박수를 쳤다.

브라이언 마일스와 피터 알론소가 번아웃증후군에서 벗어났다는 확신이 들었기 때문이었다.

'폴 바셋은?'

박건이 폴 바셋을 주시하고 있을 때, 자비 게레로가 초구를 던졌다.

슈악.

"볼."

커브가 볼로 판정된 순간, 박건이 두 눈을 빛냈다.

'계속 주자들을 의식하고 있어.'

2루 주자 브라이언 마일스와 1루 주자 피터 알론소는 모두 발이 빨랐다.

더블스틸 작전을 의식한 자비 게레로는 타자와의 승부에 오롯이 집중하지 못하고 있었다.

슈아악.

자비 게레로는 2구째로 바깥쪽 직구를 선택했다.

틱.

그 순간, 폴 바셋이 번트를 댔다.

'희생번트가 아니야.'

조 매팅리 감독은 루상의 주자들을 한 베이스씩 진루시키기 위해서 폴 바셋에게 희생번트 작전을 지시하지 않았다.

폴 바셋은 자신의 판단으로 번트를 댄 것이었다.

'기습번트야.'

데구르르.

1루 측 라인 선상을 타고 굴러가는 폴 바셋의 번트 타구를 잡기 위해서 1루수가 대시했다. 그리고 번트 타구를 잡자마자, 빙글 몸을 돌리며 1루로 송구했다.

'백업이 늦었어.'

번트 타구를 처리한 1루수의 송구는 정확했다.

그러나 폴 바셋이 기습번트를 댈 거라 예상치 못했던 2루수가 1루 베이스커버에 들어오는 것이 늦었다.

'빠졌다.'

송구가 빠진 것을 확인한 타자주자 폴 바셋이 2루로 내달렸다.

그사이 2루 주자 브라이언 마일스는 홈으로 여유 있게 들어왔고, 1루 주자였던 피터 알론소도 3루에 안착했다.

1-0.

샌디에이고 파드리스의 수비 실책으로 인해 마이애미 말린스는 의외로 손쉽게 선취점을 올리는 데 성공했다.

그 모습을 박건과 함께 지켜본 이용운이 독설을 날렸다.

"샌디에이고 파드리스가 괜히 지구 꼴찌가 아니구나. 꼭 누가 누가 더 못하나 경쟁을 펼치는 것 같구나."

*　　　*　　　*

'거를까?'

타석에 들어서던 박건이 비어 있는 1루 베이스를 바라보며 생각했을 때였다.

"거르긴 힘들 것이다."

이용운의 이야기를 들은 박건이 고개를 끄덕였다.

이제 1회 초였다.

자비 게레로가 자신을 사사구로 내보내 1루를 채우면 대량 실점을 허용할 빌미가 될 수 있었다.

자신의 타격감이 좋다는 것을 알고 있더라도 거를 수 있는 상황은 아니었다.

거기까지 생각이 미친 순간, 박건이 대충 수 싸움을 했다.

'유인구!'

자비 게레로는 자신을 상대로 어렵게 승부할 확률이 높았다.

게다가 주자는 3루와 2루에 있었다.

더 이상 도루 시도를 의식하지 않아도 되는 상황.

이것이 자비 게레로가 초구로 유인구를 던질 거라고 박건이 판단했던 이유였다.

슈악.

그런 박건의 수 싸움은 적중했다.

자비 게레로가 초구로 바깥쪽 슬라이더를 구사한 순간, 박건이 지체 없이 배트를 휘둘렀다.

따악.

배트 끝부분에 맞았지만, 정확한 타이밍에 걸린 타구의 비거리가 컸다.

중견수가 열심히 쫓아갔지만, 박건이 때린 타구는 중견수가 점프하며 들어 올린 글러브를 살짝 넘기고 그라운드에 떨어졌다.

"됐다."

두 명의 주자를 모두 불러들이는 적시타를 때리고 2루 베이스에 도착한 박건이 쾌재를 불렀다.

3—0.

경기 초반에 대량 득점을 올리며 기선 제압에 성공했기 때문이었다. 그러나 박건은 이내 흥분을 가라앉혔다.

기뻐하기에는 너무 이르단 생각이 들어서였다.

"석 점으로는 부족해."

경기 초반 석 점의 리드를 잡았지만, 박건은 여전히 불안했다.

오늘 경기 마이애미 말린스의 선발투수가 트레비스 리차즈였기 때문이었다.

'최근 들어 계속 안 좋아.'

체력적으로 부담을 느껴서일까.

시즌 초반에 비해 시즌이 중반부로 접어든 후 트레비스 리차즈의 평균자책점은 높아져 있었다.

'추가점을 올려야 해.'

여전히 무사 2루의 득점 찬스가 이어지고 있는 상황이었다.

이 찬스를 살려서 추가득점을 올리는 것이 꼭 필요했다. 그러나 문제는 후속 타자들을 믿을 수 없다는 점이었다.

저벅저벅.

타석으로 걸어오고 있는 5번 타자 이안 카스트로를 향해 박건이 불신 어린 시선을 던졌다. 그리고 이안 카스트로는 타석에서 최악의 타격을 했다.

슈아악.

아웃카운트를 하나도 잡지 못한 채 석 점을 허용한 데다가, 수비 실책까지 나온 터라 자비 게레로는 제구가 흔들렸다.

'볼.'

이안 카스트로를 상대로 자비 게레로가 초구로 던진 몸쪽 직구는 높았다.

확연히 볼임을 알 수 있을 정도였지만, 이안 카스트로는 기다리는 대신 배트를 휘둘렀다.

딱.

높이 솟구친 타구를 유격수가 원래 수비위치에서 거의 움직이지 않고 잡아내면서 오늘 경기 첫 아웃카운트가 올라갔다.

고개를 갸웃거리며 더그아웃으로 돌아가는 이안 카스트로의 등을 노려보던 박건이 미간을 좁혔다.

'이대로는 추가득점을 올리기 어렵다.'

스윽.

이렇게 판단한 박건이 리드 폭을 조금씩 늘리기 시작했다.

슈아악.

타다닷.

6번 타자 커티슨 그랜더슨을 상대로 자비 게레로가 초구를 던진 순간, 박건이 스타트를 끊었다.

'예상이 빗나갔다.'

자비 게레로가 초구로 브레이킹볼 계열의 공을 던질 거란 박건의 예상은 빗나갔다.

바깥쪽 직구를 확인한 박건이 긴장한 채 헤드퍼스트슬라이딩을 감행했다. 그리고 박건의 손끝이 3루 베이스에 닿은 것과 등에 태그가 닿은 것은 거의 동시였다.

"세이프."

3루심이 세이프를 선언한 순간, 박건이 안도의 한숨을 내쉬었다.

'아웃 타이밍이었어.'

아웃 타이밍이었음에도 불구하고 세이프가 된 것은 포수의 송구가 조금 높았던 덕분이었다.

'화가 더 났겠네.'

툭툭.

3루 베이스 위에 올라선 박건이 유니폼에 묻은 흙을 털면서 자비 게레로를 힐끗 살폈다.

포수의 송구가 높지 않았다면 도루를 시도했던 자신을 3루에서 잡아낼 수 있었다는 사실을 자비 게레로가 모를 리 없었다.

그래서일까.

자비 게레로의 낯빛은 붉게 달아올라 있었다.

'흥분 상태.'

박건이 이렇게 판단한 순간, 자비 게레로가 커티스 그랜더슨을 상대로 2구를 던졌다.

슈악.

딱.

높게 형성된 커브를 커티스 그랜더슨이 공략했다.

배트 상단에 맞았지만, 커티스 그랜더슨의 타구는 꽤 멀리 뻗었다.

타다닷.

우익수가 포구에 성공한 순간, 박건이 태그업을 시도해 여유 있게 홈으로 파고들었다.

*　　　　*　　　　*

"아, 손에 땀을 쥐게 만드는 경기입니다. 마이애미 말린스가 경기 초반에 6─0으로 앞서고 있을 때만 해도 손쉽게 승리를 거둘 것이라 예상했는데, 샌디에이고 파드리스의 뒷심은 무섭습니다. 끈질기게 따라붙어서 7─6, 한 점 차로 따라붙었고 9회 말에도 기세를 이어나가고 있습니다. 윌 마이어스 선수가 볼넷을 얻어내며 2사 만루로 상황이 바뀌었고, 결국 조 매팅리 감독이 마운드를 방문했습니다. 윤재규 해설위원님, 지금 상황 어떻게 보고 계십니까?"

서동재 아나운서가 마이크를 넘긴 순간, 윤재규가 입을 뗐다.

"오늘 경기 승패 못지않게 중요한 것은 마이애미 말린스의 경기력입니다. 연패를 당하고 있던 마이애미 말린스의 경기력과 오늘 경기에서 마이애미 말린스가 보여주고 있는 경기력은 확연히 차이가 있습니다. 확실한 것은 박건 선수와 브라이언 마일스, 폴 바셋, 그리고 피터 알론소까지. 트레이드를 통해 뉴욕 메츠에서 마이애미 말린스로 이적한 네 선수가 함께 선발 라인업에 복귀해서 경기에 출전하자 득점력이 살아났다는 점입니다. 그렇지만 약점도 분명히 드러났습니다."

"윤재규 해설위원님이 판단하시는 마이애미 말린스의 약점은 무엇입니까?"

"타격 쪽에서는 상하위 타선의 불균형이 심각합니다. 그리고 불펜진의 뎁스가 얇다는 것도 분명한 약점입니다. 6점의 리드를 지키지 못하고 오늘 경기의 승부를 박빙으로 끌고 간 것이 약점이란 증거죠."

고개를 끄덕여 수긍하던 서동재가 다시 질문을 던졌다.

"오늘 경기 승패는 어떻게 예측하십니까?"

"오늘 경기는 마이애미 말린스의 승리로 끝날 가능성이 높습니다."

"그거 듣던 중 반가운 소리입니다."

윤재규가 마이애미 말린스의 승리를 예측하는 것을 듣고 서동재가 반색했을 때였다.

"제 예측은 다릅니다."

허기원이 도중에 끼어들었다.

"오늘 경기도 샌디에이고 파드리스의 역전승으로 끝날 겁니다."

"그렇게 예측하시는 이유는요?"

"이미 여러 차례 말씀드렸듯이 야구는 분위기와 흐름이 중요합니다. 샌디에이고 파드리스는 뒤지고 있던 경기를 무섭게 추격해 왔습니다. 그 과정에서 상승세를 탄 반면, 마이애미 말린스는 불펜진의 뎁스가 얕다는 약점을 드러내면서 경기 초반의 상승세가 꺾여 버린 상황이죠. 이게 제가 오늘 경기가 샌디에이고 파드리스의 역전승으로 끝날 것이라고 예측하는 첫 번째 이유입니다."

"첫 번째 이유라면 다른 이유도 있습니까?"

서동재가 질문을 던지자 허기원은 마치 기다렸다는 듯이 윤재규에게로 시선을 던졌다.

'왜… 이래?'

허기원이 던지고 있는 의미심장한 시선에 담긴 의미를 파악하지 못한 윤재규가 살짝 당황했을 때, 그가 덧붙였다.

"다른 이유는 마이애미 말린스의 마무리투수인 브래들리 쿡의 경기감각입니다. 윤재규 해설위원님은 어제 경기에서 마이애미 말린스가 패할 것으로 예측하면서 근거로 브래들리 쿡의 경기감각 저하를 들었습니다. 그런데 윤재규 해설위원님이 오늘 경기가 마이애미 말린스의 승리로 끝날 것이란 예측을 하시는 걸 보니, 하루 새 브래들리 쿡의 경기감각 저하라는 변수를 까맣게 잊으신 듯합니다."

'이거였구나.'

허기원이 의미심장한 시선을 던진 이유를 뒤늦게 알아챈 윤재규가 속으로 코웃음을 치며 입을 뗐다.

"잊지 않았습니다."

"잊지 않았다고요?"

"브래들리 쿡의 경기감각 저하란 변수를 잊은 게 아닙니다. 다만 그 변수가 사라졌습니다."

"……?"

"……?"

"어제 경기, 그리고 오늘 경기에 연속으로 등판하면서 브래들리 쿡은 다시 경기감각을 되찾았습니다."

"하지만……."

"브래들리 쿡이 2사 만루의 위기에 처한 것이 경기감각이 저하된 증거가 아니냐? 이렇게 주장하시고 싶으신 거겠죠? 맞습니다. 연속안타와 볼넷을 허용한 것은 브래들리 쿡의 경기감각이 저하된 탓입니다. 그렇지만 그 과정에서 브래들리 쿡은 다시 클로저로서 경기감각을 되찾았습니다. 두고 보십시오. 브래들리 쿡이 이 위기를 극복하고 마이애미 말린스의 승리로 경기가 끝날 테니까요."

"어디 한번 두고 보시죠."

윤재규와 허기원의 의견이 엇갈렸다.

서로 팽팽하게 눈싸움을 벌이고 있을 때, 브래들리 쿡이 2사 만루 상황에서 6번 타자인 하비에르 게레로를 상대하기 시작했다.

슈아악.

"스트라이크."

슈아악.

"스트라이크."

브래들리 쿡은 과감한 몸쪽 직구 승부를 펼치며 유리한 볼카운트를 선점했다.

그리고 3구째.

슈아악.

브래들리 쿡의 선택은 또 몸쪽 직구였다.

"스트라이크아웃."

바깥쪽 승부를 의식하고 있던 하비에르 게레로는 의표를 찌른 몸쪽 직구에 배트를 내밀어보지도 못 하고 루킹삼진을 당했다.

그 순간, 서동재가 정리 멘트를 시작했다.

"하비에르 게레로 선수의 삼진으로 경기가 종료됐습니다. 최종 스코어 7─6. 마이애미 말린스가 샌디에이고 파드리스를 상대로 승리를 거두며 어제의 아쉬운 패배를 갚아주었습니다. 오늘 경기의 승리, 마이애미 말린스 입장에서도 연패를 끊는 중요한 승리이지만 저희 중계진 입장에서도 무척 의미가 큽니다. 저희가 마이애미 말린스 경기를 중계한 후 처음으로 승리를 거뒀기 때문입니다."

격앙된 목소리로 정리 멘트를 하던 서동재가 고개를 돌렸다.

"오늘도 윤재규 해설위원님의 예측이 적중했습니다."

마이애미 말린스의 승리를 예측했던 윤재규에게 서동재가 새삼스러운 시선을 던지며 입을 뗐다.

그렇지만 윤재규는 서동재와 시선을 마주치는 대신, 허기원의 반응을 살폈다.

본인의 예측이 잇따라 빗나가면서 자존심이 구겨졌기 때문일까.

허기원은 못마땅한 기색을 감추지 못하고 있었다.

"최근 정확한 예측을 하시면서 무당 해설로 명성을 날리고 계신데요. 기왕 말이 나온 김에 하나만 더 예측을 부탁드리겠습니다."

"말씀하시죠."

"마이애미 말린스의 향후 행보, 어떻게 예측하십니까?"

서동재의 질문을 받은 윤재규가 희미한 웃음을 머금은 채 입을 뗐다.

"어렵게 연패를 끊어낸 마이애미 말린스가 다시 연승 가도를 달릴 것이다. 이게 서동재 아나운서가 내심 바라는 대답이겠죠?"

"하하, 괜히 무당 해설이 아니십니다. 제 속마음까지 정확히 꿰뚫어 보고 계시네요."

"저도 서동재 아나운서와 같은 마음입니다. 마이애미 말린스가 연승 가도를 달리길 바라고 있죠. 그렇지만 해설위원으로서 제 임무는 정확한 예측을 하는 것이기 때문에 다른 대답을 꺼낼 수밖에 없네요."

"그 말씀은……?"

"제 예상에 마이애미 말린스는 한동안 갈지자 행보를 보일 것 같습니다."

윤재규가 확신에 찬 목소리로 대답을 마치자, 서동재의 표정이 살짝 어두워졌다.

그때, 허기원이 끼어들었다.

"제 의견은 다릅니다."

"허기원 해설위원님은 마이애미 말린스의 향후 행보를 어떻게 예측하십니까?"

"마이애미 말린스는 연승 가도를 달릴 겁니다."

허기원이 꺼낸 대답은 서동재가 내심 바라고 있던 것이었다.

그럼에도 불구하고 서동재의 표정은 밝아지지 않았다.

'안 믿는 거야.'

그 이유가 서동재가 허기원의 예측을 신뢰하지 않기 때문이라는 사실을 윤재규가 눈치챘을 때였다.

"두 분 해설위원의 예측이 또 한 번 엇갈렸네요. 어느 해설위원분의 예측이 적중할지 확인해 보는 것도 메이저리그 중계를 지켜보는 또 하나의 즐거움이 될 것 같습니다. 어쨌든 앞으로 마이애미 말린스 경기 중계를 하는 과정에서 여러분께 더 많은 승리 소식을 알려 드릴 수 있길 기대하면서 오늘 경기 중계를 마치겠습니다. 참, 아주 중요한 이야기를 빼먹을 뻔했네요. 메이저리그 소식을 전해주는 TBS 스포츠채널의 새 코너인 '투데이 메이저리그'에서 오늘 경기 맹활약을 펼친 박건 선수의 단독 인터뷰를 진행합니다. 많은 관심과 응원을 부탁드리겠습니다."

*　　　　*　　　　*

"너무 많이 알려주신 것 아닙니까?"

박건이 넌지시 묻자, 이용운이 당당하게 대답했다.

"그럼 안 돼?"

"뭐, 안 되는 건 아니지만……."

"재규는 내 친구다. 그러니 내가 도와주는 게 당연하지."

무당 해설.

해설위원 윤재규에게 붙은 새로운 별명이었다.

마이애미 말린스 경기를 중계하는 과정에서 용한 무당처럼 정확한 예측들을 잇따라 내놓았기 때문에 '무당 해설'이란 별명을 새로 얻은 것이었다. 그리고 윤재규가 '무당 해설'이란 새로운 별명을 얻은 데는 이용운의 조력이 컸다.

이용운의 부탁을 받은 박건이 수시로 윤재규를 만나거나 연락해서 마이애미 말린스의 현재 전력과 장단점, 그리고 경기 예측 등의 정보를 알려주었기 때문이었다.

이용운과 윤재규가 친구 사이라는 사실쯤은 박건도 알고 있었다. 그리고 이용운 또한 윤재규가 생전에 친구였기 때문에 도움을 준 것이라고 대답했다.

하지만 박건은 그 이유가 전부가 아닐 것임을 짐작하고 있었다.

"허기원 해설위원을 좋아하지 않으시는 것도 이유 중 하나죠?"

해서 박건이 질문을 던지자, 이용운이 헛웃음을 흘렸다.

"나에 대해 많이 파악하긴 했구나."

"괜히 영혼의 파트너겠습니까?"

"후배 말대로 난 허기원을 좋아하지 않는다."

"허기원 해설위원 때문에 TBS 스포츠채널 입사가 무산됐기 때문이 맞습니까?"

"물론 그런 이유도 아주 없지는 않다. 하지만 진짜 이유는 따로 있다."

"그 진짜 이유가 뭡니까?"

"허기원의 해설이 마음에 들지 않는다."

"……?"

"후배들을 까 내리면서 후배들의 앞길을 자꾸 막거든."

박건이 고개를 끄덕여 그 의견에 수긍했다.

허기원은 메이저리그 중계에 합류한 후 윤재규 해설위원과 자꾸 의견 충돌을 일으키며 대립각을 세웠다.

그 이유는 함께 메이저리그 중계를 하고 있는 윤재규 해설위원이 마음에 들지 않기 때문이었다.

'급이 맞지 않다고 판단하는 거야.'

허기원은 국내에서 손꼽히는 베테랑 해설위원.

반면 윤재규는 해설위원으로서 인지도가 무척 낮은 편이었다.

그래서 허기원은 윤재규와 함께 메이저리그 중계에 나서는 것에 불만을 갖고 있었다.

게다가 윤재규는 성격이 고분고분한 편도 아니었다.

허기원의 해설이나 예측에 맞장구치는 것보다, 반박하거나 다른 예측을 꺼내는 경우가 대부분이었다.

'누가 친구 아니랄까 봐.'

박건이 쓴웃음을 머금었다.

윤재규와 이용운이 닮은꼴이란 생각이 들어서였다.

어쨌든 허기원은 이런 윤재규가 마음에 들지 않을 것이었다. 그래서 경기 중계 도중에 윤재규와 다른 예측을 하는 경우가 잦았던 것이었고.

그러나 지금까지는 허기원의 완패였다.

예측의 정확도를 올리기 위한 필수 조건은 정보의 양.

이용운의 조력을 받는 윤재규는 허기원에 비해서 마이애미 말린스와 관련된 정보의 양이 훨씬 많았고, 덕분에 정확한 예측을 하고 있기 때문이었다.

"그런데… 좀 걸리네요."

잠시 후, 박건이 한숨을 내쉬며 조심스럽게 입을 뗐다.

"뭐가 마음에 걸린다는 거지?"

"윤재규 해설위원님이 중계 막바지에 했던 예측이요."

"마이애미 말린스가 갈지자 행보를 보일 거란 예측 말이냐?"

"네."

"그게 왜 마음에 걸리는 거지?"

"윤재규 해설위원의 명성에 누가 될 것 같으니까요."

여러 차례 시행착오를 겪은 후, 조 매팅리 감독은 박건을 포함한 전입생 넷을 다시 선발 라인업에 복귀시켰다. 그리고 피터 알론소와 폴 바셋, 브라이언 마일스가 체력적으로, 또 정신적으로 재무장을 한 만큼, 박건은 오늘 경기에서 연패를 끊은 마이애미 말린스가 다시 연승 가도를 달릴 확률이 높다고 판단하고 있었다.

그런데 윤재규 해설위원은 마이애미 말린스가 갈지자 행보를 보일 거란 예측을 한 것이 못내 마음에 걸리는 것이었다.

그러나 이용운의 의견은 달랐다.

"무당 해설이란 재규의 명성은 더욱 올라갈 것이다."

"하지만……."

"두고 봐라. 마이애미 말린스는 한동안 갈지자 행보를 보일 테니까."

*   *   *

슈아악.

따악.

묵직한 타격음이 흘러나오자마자 투구를 마친 브래들리 쿡이 움찔했다.

콜로라도 로키스의 홈구장인 쿠어스 필드는 '투수들의 무덤'이라 알려진 곳.

마크 레이놀즈의 타구가 홈런으로 연결될 수도 있단 판단을 내렸기 때문이었다.

박건 역시 마크 레이놀즈에게 끝내기홈런을 허용한 것이 아닐까 하는 생각이 들어서 잔뜩 긴장한 채 타구의 궤적을 살폈다.

잠시 후, 박건이 안도의 한숨을 내쉬었다.

마크 레이놀즈의 라인드라이브성 타구가 펜스 상단을 직격하는 모습을 확인했기 때문이었다. 그리고 피터 알론소가 정확한 타구 판단으로 펜스플레이를 깔끔하게 해낸 덕분에 1루 주자는 3루에서 멈췄다.

1사 2, 3루로 상황이 바뀌자, 조 매팅리 감독이 마운드를 방문했다.

9회 말, 4-4 동점 상황에서 등판했던 클로저 브래들리 쿡은 9회 말을 삼자범퇴로 깔끔하게 막아냈다.

그러나 10회 말, 1사 후 연속안타를 허용하며 1사 2, 3루의 실점 위기에 처했다.

브래들리 쿡으로 더 끌고 가는 것은 무리라고 판단한 조 매팅리 감독이 그의 손에서 공을 건네받았다. 그리고 조 매팅리 감독이 마운드에 올린 것은 로이 헨드릭스였다.

'막아낼 수 있을까?'

박건이 마운드에서 연습 투구를 하는 로이 헨드릭스에게 불안한 시선을 던졌다.

잭 스튜어트와 브라이언 모란의 공백을 메꾸기 위해서 조 매팅리 감독은 두 명의 신인급 투수를 콜업 했다.

에디 라렌과 로이 헨드릭스.

조 매팅리 감독이 콜업 한 두 명의 신인 투수는 깜짝 활약을 펼쳤다.

그러나 그들의 깜짝 활약은 오래가지 않았다.

'익숙해지니까 얻어맞아.'

에디 라렌과 로이 헨드릭스의 가장 큰 강점이자 무기는 생소함이었다.

타 팀에게 분석이 되지 않았던 상황이었기에 생소함이라는 무기를 십분 활용해서 깜짝 활약을 펼칠 수 있었던 것이었다.

그러나 메이저리그는 호락호락하지 않았다.

각 구단의 전력 분석 팀은 빠르게 에디 라렌과 로이 헨드릭스의 장단점과 구종, 볼배합을 분석해 냈다.

그로 인해 생소함이란 무기를 잃어버린 에디 라렌과 로이 헨드릭스는 불안한 모습을 노출하기 시작했다.

두 투수 모두 지난 두 경기에서 실점을 허용했던 것이 박건이 로이 헨드릭스에게 불안한 시선을 던진 이유.

10회 말, 1사 2, 3루 상황에서 타석에 들어선 것은 콜로라도 로키스의 3번 타자인 트레비스 스토리였다. 그리고 트레비스 스토리는 좋은 타자였다.

2볼 2스트라이크의 불리한 볼카운트에서 로이 헨드릭스가 구사한 각이 예리한 싱커를 잘 참아내며 풀카운트로 승부를 끌고 갔다.

이어진 6구째.

슈악.

로이 헨드릭스는 결정구로 체인지업을 던졌다.

그 순간, 트레비스 스토리가 매섭게 배트를 돌렸다.

따악.

배트 중심에 걸린 타구가 투수의 곁을 스치고 빠르게 굴러갔다.

전진수비를 펼치고 있던 유격수 브라이언 앤더슨이 슬라이딩 캐치를 시도했지만, 트레비스 스토리의 타구는 글러브에 닿지 않았다.

외야로 빠져나가는 타구를 확인한 박건이 가장 먼저 떠올린 것은 폴 바셋이었다.

'폴 바셋이었다면 잡을 수 있지 않았을까?'

오늘 경기에 폴 바셋이 출전하지 않았으니 의미 없는 가정일 뿐이었다.

또, 끝내기안타가 된 트레비스 스토리의 타구는 워낙 배트 중심에 잘 맞은 타구였다.

브라이언 앤더슨이 아니라 폴 바셋이 유격수로 출전했더라도 막아내기 어려웠을 것이었다.

고개를 흔들어 아쉬움을 털어버린 박건이 짤막한 한숨을 내쉬었다.

트레비스 스토리가 끝내기안타를 때려낼 수 있었던 이유는 노림수가 통했기 때문이었다.

풀카운트에서 로이 헨드릭스가 결정구로 체인지업을 구사할 것을 미리 예측했기 때문에 정확하게 컨택을 했던 것이었다.

'분석이 완전히 끝났어.'

새로이 마이애미 말린스 불펜진에 합류했던 에디 라렌과 로이 헨드릭스는 생소함을 무기로 깜짝 활약을 펼쳤었다.

그러나 상대 팀의 분석이 끝나며 생소함이란 무기를 잃어버린 에디 라렌과 로이 헨드릭스는 더 이상 마운드에서 버틸 힘이 없어 보였다.

'새로운 문제.'

고개를 푹 숙인 채 더그아웃으로 걸어가고 있는 로이 헨드릭스의 뒷모습을 바라보던 박건의 시선이 패장인 조 매팅리 감독에게 향했다. 그리고 조 매팅리 감독을 바라보던 박건이 슬쩍 미간을 찡그렸다.

'선배님의 예측대로 됐네.'

5승 5패.

샌디에이고 파드리스를 상대로 어렵게 연패를 끊어내는 데 성공했던 마이애미 말린스가 이후 10경기에서 거둔 성적이었다.

"마이애미 말린스는 한동안 갈지자 행보를 보일 것이다."

결과적으로는 이용운이 했던 예측이 적중한 셈이었고, 박건의 예측이 빗나간 셈이었다.

그렇지만 마이애미 말린스가 다시 연승 가도를 달릴 것이란 박건의 예측이 빗나간 원인은 변수가 있었기 때문이었다.

그 변수는 바로 선발 라인업 조정이었다.

박건과 브라이언 마일스, 폴 바셋, 피터 알론소가 모두 선발 라인업에 복귀한 경기에서 마이애미 말린스는 연패를 끊는 귀중한 승리를 거두었다.

또, 네 선수가 모두 선발 출전했을 때의 승률이 가장 좋은 것은 부인할 수 없는 팩트였다. 그래서 박건은 조 매팅리 감독이 선발 라인업을 계속 유지할 것이란 가정하에 마이애미 말린스가 연승을 거둘 것이라 예측했던 것이었다.

하지만 그 가정이 빗나갔다.

조 매팅리 감독이 지난 10경기를 치르는 동안 계속 선발 라인업 명단에 변화를 주었다.

네 선수 중 한 명, 혹은 두 명을 선발 라인업에서 제외하고 기존 마이애미 말린스 선수들을 선발 라인업에 포함시킨 것이었다.

그리고 가정이 빗나갔으니, 박건의 예측이 빗나간 것은 당연한 결과라 할 수 있었다.

"좋구나."

그때, 이용운이 불쑥 말했다.

'뭐가 좋다는 거지?'

그 이야기를 들은 박건이 황당한 표정을 지었다.

트레비스 스토리에게 끝내기안타를 허용하며 마이애미 말린스가 아쉽게 경기에서 패한 직후였다.

그런데 이용운이 '좋구나'라고 말한 것이 이해가 가지 않는 것이었다.

그때, 이용운이 다시 입을 뗐다.

"조 매팅리 감독의 선수 기용에 불만을 갖고 있는 거지?"

'귀신 맞네.'

속내를 들켜 버린 박건이 픽 웃으며 솔직히 대답했다.

"네. 불만도 갖고 있고 이해도 안 갑니다."

"그래서 아까 좋다고 한 것이다. 후배가 아직 큰 판세를 읽는 능력이 모자란 것을 확인했으니까."

"……?"

"아직까지는 내가 필요하다는 증거이니까."

이용운이 덧붙였다.

"어쨌든 조 매팅리 감독을 너무 미워하지는 마라."

"왜 미워하지 말라는 겁니까?"

"팀을 위한 선택을 하고 있으니까."

"이게 팀을 위한 선택이라고요?"

"그래."

"팀을 망치는 선택이 아니고요?"

박건의 질문을 받은 이용운이 대답했다.

"일종의 고육지책이라 할 수 있지."

제9장

'야심가.'

이용운이 패장인 조 매팅리 감독을 응시하던 도중 떠올린 표현이었다.

'미겔 카브레라 감독 못지않게 무능한 감독이 아닐까?'

박건의 마이애미 말린스 이적이 확정된 직후, 이용운은 조 매팅리를 무능한 감독이라고 판단했었다.

그 판단의 근거는 마이애미 말린스의 성적이었다. 당시만 해도 마이애미 말린스는 지구 최하위를 달리고 있었으니까.

그런데 조 매팅리 감독에 대한 이용운의 평가는 이내 바뀌었다.

그 이유는 마이애미 말린스가 지구 최하위를 달리는 것이 감독의 역량 부족 때문이 아님을 금세 알아챘기 때문이었다.

'누가 감독을 맡더라도 마찬가지야.'

아무리 대단한 명장이 팀을 맡더라도 지구 최하위를 벗어나기 힘들 정도로 마이애미 말린스는 전력이 약했다.

오히려 이런 약체 팀을 이끌고 이 정도 성적을 낸 조 매팅리 감독이 대단하게 느껴졌을 정도였다. 그리고 조 매팅리 감독이 이용운을 깜짝 놀라게 한 것은 마이애미 말린스의 지난 10경기였다.

이기고 싶지 않은 감독이 어디 있을까?

또 쉬운 길을 두고 어려운 길을 선택하는 것은 쉽지 않은 결정이었다.

그런데 조 매팅리 감독은 목전의 1승에 대한 욕심을 버리고, 어려운 길을 선택하는 쉽지 않은 결정을 내렸다.

"계약기간 3년 안에 마이애미 말린스의 지구 우승을 이끌겠습니다. 그리고 더 높은 곳으로 비상하겠습니다."

조 매팅리 감독이 마이애미 말린스 감독으로 부임할 당시의 취임사였다.

모든 사람들이 그 취임사를 듣고 코웃음을 쳤지만, 조 매팅리는 진심이었다. 그리고 지구 우승이란 목표를 달성할 적기가 올 시즌이라고 판단한 그는 큰 그림을 그리고 있는 중이었다.

이것이 조 매팅리를 야심가라고 판단했던 이유.

"조 매팅리 감독은 대형 트레이드를 노리고 있다."

"트레이드… 요?"

예상치 못했기 때문일까.

박건이 깜짝 놀란 표정으로 되물었다.

"그래. 트레이드."

"왜 또 트레이드를 합니까?"

"지금 전력으로는 지구 우승을 차지하기 어렵다. 이렇게 판단을 내렸거든."

"하지만……."

"후배 생각은 다른가?"

"현재 마이애미 말린스의 전력으로… 지구 우승은 어렵죠."

박건에게서 대답이 돌아온 순간, 이용운이 웃으며 덧붙였다.

"그래서 조 매팅리 감독이 전력을 보강하기 위해서 트레이드를 원하는 것이다. 그래서 계속 선발 라인업에 변화를 주고 있는 거지."

"일종의… 쇼케이스입니까?"

"쇼케이스 겸 기만 전략을 구사하고 있다."

"기만 전략이요?"

"맞다."

"누구를 상대로 기만 전략을 구사한단 겁니까?"

"메이저리그 구단 단장들."

이용운이 덧붙였다.

"잭 대니얼스 단장까지 포함해서."

*　　　　*　　　　*

'불호령이 떨어지겠군.'

조 매팅리가 쓴웃음을 머금었다.

"지금 만나세."

다짜고짜 전화해서 지금 만나자고 지시하던 잭 대니얼스 단장의 목소리는 냉랭하기 그지없었다.

단단히 화가 나 있다는 증거.

"후우."

각오를 다지듯 심호흡을 한 후, 조 매팅리가 단장실 문을 노크했다.

똑똑.

"들어오게."

문 안에서 들려온 잭 대니얼스의 목소리는 여전히 냉랭했다.

"지금 뭐 하자는 건가?"

문고리를 돌리고 조 매팅리가 단장실로 들어서자마자, 인사 대신 날 선 질문이 날아들었다.

"제 일을 하고 있습니다."

"마이애미 말린스 감독으로서 팀을 이끌고 있다?"

"네."

조 매팅리의 대답을 들은 잭 대니얼스 단장이 코웃음을 쳤다.

"내게 항명이라도 하는 건가?"

"무슨 뜻입니까?"

"잡을 수 있는 경기를 놓치는 것, 항명이 아니면 무엇이란 말인가?"

잭 대니얼스 단장의 목소리가 높아졌지만, 조 매팅리는 당황하지 않았다.

오히려 입가에 희미한 웃음을 머금었다.

'먹혔네.'

잭 대니얼스 단장이 이렇게 분노를 표출하는 것.

자신의 기만 전략이 먹혀들었다는 증거였기 때문에 득의의 미소를 지은 것이었다.

"방금… 웃었나?"

잭 대니얼스 단장은 조 매팅리가 기만전술을 구사하고 있다는 사실을 아직 모르고 있는 상황이었다. 그래서 조 매팅리가 미소를 머금자, 더욱 분노한 것이었다.

"반성했습니다."

"뭘 반성했다는 건가?"

"일전에 단장님이 꼴지 팀에 어울리는 감독이 됐다고 지적하

셨지 않습니까? 그 지적을 듣고 반성을 많이 했다는 뜻입니다."

"반성을 하긴 했는데… 딱히 변한 것 없는 것 같군. 이미 말했듯 잡을 수 있는 경기를 여러 차례 놓쳤으니까."

"달라졌습니다."

"달라졌다? 뭐가 달라졌단 건가?"

"내년이 아닌 올해를 바라보고 있으니까요."

"……?"

"마이애미 말린스의 감독으로 부임했을 당시, 저는 계약기간 3년 안에 지구 우승을 차지하겠다는 목표를 밝혔었습니다. 그리고 저는 부임 3년 차인 내년에 지구 우승을 차지하겠다는 계획을 세우고 추진해 왔습니다. 그런데 계획이 바뀌었습니다."

"어떻게 바뀌었단 말인가?"

"부임 3년 차인 내년 시즌이 아니라, 부임 2년 차인 올 시즌에 지구 우승을 차지하는 것으로 계획을 수정했습니다."

올 시즌에 지구 우승을 목표로 하고 있다는 계획을 밝히고 나서야, 잭 대니얼스 단장의 목소리가 조금 누그러졌다.

"계획을 수정한 이유는 무엇인가?"

"단장님입니다."

"나?"

"뉴욕 메츠와 트레이드를 추진하셨던 것이 단장님이시니까요."

"내가 추진했던 2 대 4 트레이드가 자네가 계획을 수정한 이유다?"

"그렇습니다. 트레이드가 성공한 덕분에 마이애미 말린스가 강팀으로 변모했으니까요."

본인이 추진했던 2 대 4 트레이드가 성공작이란 평가를 듣자, 줄곧 냉막하던 잭 대니얼스 단장의 입가에 처음으로 웃음이 떠올랐다.

그 표정 변화를 확인한 조 매팅리가 서둘러 말을 이었다.

"그렇지만… 아직 부족합니다."

"부족하다?"

"스포츠카로 비유하자면… 브레이크와 오일 교체 등등. 여전히 수리를 요하는 부분들이 많습니다."

"내 생각도 마찬가지야."

잭 대니얼스가 동의하며 고개를 끄덕인 후 질문했다.

"그래서 해법은 찾았나?"

"트레이드입니다."

"트레이드?"

"트레이드를 통해서 몇몇 약점을 보완한다면 마이애미 말린스는 지구 우승에 도전할 수 있다. 이렇게 판단했습니다. 그래서 베스트 라인업을 가동하지 않았습니다."

"일부러 베스트 라인업을 가동하지 않았다?"

"네."

"이유는?"

조 매팅리가 대답했다.

"트레이드의 승자가 되기 위해서입니다."

＊　　　　＊　　　　＊

"그러니까… 조 매팅리 감독님이 트레이드를 염두에 두고 있기 때문에 일부러 베스트 라인업을 가동하지 않았다는 겁니까?"

"맞다."

이용운이 확인해 주었지만, 박건은 수긍한 기색이 아니었다.

'어떻게 설명하면 쉽게 알아들을까?'

그로 인해 잠시 고민하던 이용운이 떠올린 것은 '박건 케이스'였다.

"후배의 트레이드 성사가 어려웠던 가장 큰 이유가 무엇이었지?"

"음, 야구를 못했던 거죠."

박건이 오래 고민하지 않고 꺼낸 대답을 들은 이용운이 고개를 끄덕였다.

원하던 대답은 아니었지만, 틀린 대답도 아니었기 때문이었다.

"그것 말고."

"야구를 못한 걸 제외한다면… 뉴욕 메츠가 내셔널리그 동부 지구에 속한 팀이었다는 것이었죠."

"맞다."

당시 박건은 뉴욕 메츠 소속 선수.

그리고 박건을 가장 원했던 팀은 애틀랜타 브레이브스였다.

하지만 뉴욕 메츠와 애틀랜타 브레이브스의 트레이드는 성사되지 못했다.

그 이유는 두 팀이 지구 라이벌이었기 때문이었다.

"그럼 마이애미 말린스와 뉴욕 메츠 사이에 대형 트레이드가 성사될 수 있었던 가장 큰 이유는 무엇일까?"

"톰 힉스 구단주의 등장이 아니었을까요?"

"톰 힉스 구단주?"

"톰 힉스 구단주가 전면에 나섰기 때문에 트레이드가 쉽게 성사됐으니까요."

"그것도 틀린 대답은 아니구나."

마이애미 말린스의 잭 대니얼스 단장과 트레이드를 논의한 것.

뉴욕 메츠의 톰 힉스 구단주였다. 그리고 톰 힉스 구단주가 협상 전면에 등장했던 것은 잭 니퍼트 전 단장의 갑작스러운 사임 때문이었다.

'만약 잭 니퍼트 전 단장이 사임하지 않았다면?'

그랬다면 마이애미 말린스와 뉴욕 메츠의 2 대 4 트레이드는 성사되지 않았을 것이었다.

야구를 잘 아는 잭 니퍼트 전 단장은 절대 손해 보는 장사를 하지 않았을 테니까.

즉, 경영에는 전문가이지만 야구에는 문외한이나 다름없던 톰 힉스 구단주가 협상 테이블에 앉았던 것이 트레이드가 성사

될 수 있었던 요인 중 하나였다.

그렇지만 박건이 방금 꺼낸 대답 역시 이용운이 원하던 대답
은 아니었다.

"다른 이유는?"

"글쎄요."

트레이드가 성사된 지 꽤 시간이 지난 탓일까.

박건이 바로 대답을 꺼내지 못하고 고민하는 것을 확인한 이
용운이 직접 답을 알려주었다.

"마이애미 말린스가 지구 최하위였기 때문이다."

"아!"

그제야 박건이 기억을 떠올리는 데 성공했다.

"마이애미 말린스도 애틀랜타 브레이브스와 마찬가지로 같
은 지구 소속 팀이었지만, 라이벌은 아니다. 이 점이 트레이드
가 성사되는 데 큰 영향을 미쳤었죠."

"맞다. 조 매팅리 감독이 노리는 것도 바로 이 부분이다."

"네?"

"지금도 마이애미 말린스는 지구 최하위거든."

*   *   *

5승 5패.

지난 10경기에서 마이애미 말린스가 받아 든 성적표였다.

나쁘지 않은 성적표였지만, 박건은 만족하지 못했다.

'선발 라인업에 변화가 없었다면?'

최소 3경기 이상은 더 이길 수 있었다고 내심 판단하고 있었기 때문이었다. 그리고 3경기를 더 이겼다면 마이애미 말린스는 뉴욕 메츠를 제치고 지구 최하위를 탈출하는 것이 가능했었다.

이것이 박건이 더욱 아쉬움을 느꼈던 이유.

그러나 이용운은 오히려 조 매팅리 감독이 노린 것이라고 말했다.

"기만 전략."

박건이 작게 혼잣말을 되뇌었다.

"조 매팅리 감독은 쇼케이스 겸 기만 전략을 구사하고 있다."

아까 이용운이 했던 말이 퍼뜩 떠올랐기 때문이었다.

아까는 그 말뜻을 제대로 이해하기 어려웠는데, 지금은 상황이 달라졌다.

조 매팅리 감독이 구사하고 있는 기만 전략의 윤곽이 그려지기 시작했다.

"마이애미 말린스가 지구 최하위에 머무는 것이 트레이드에 유리하다. 마이애미 말린스를 경쟁 팀으로 느끼지 않기 때문이다. 맞습니까?"

"정확히 이해했다. 이게 조 매팅리 감독이 메이저리그 구단 단장들을 상대로 구사하는 기만 전략의 핵심이다."

'나쁘지 않다.'

박건이 나쁘지 않은 전략이라고 판단하면서도 이내 눈살을 찌푸렸다.

기만 전략을 성공시키기 위해서 잡을 수 있는 경기를 놓친 것.

과연 옳은 선택이었을까 하는 의문이 깃들어서였다.

그때 이용운이 부연했다.

"지금의 1패가 정규시즌 막바지에 5승 이상으로 돌아온다. 조 매팅리 감독은 이렇게 판단했다."

"하지만……."

"내 생각도 같다."

이용운은 조 매팅리 감독의 결정을 지지했다. 그러나 박건은 여전히 확신을 갖기 힘들었다.

해서 답답한 표정을 짓고 있을 때였다.

"이 정도면 재회 선물로 충분할 것 같구나."

이용운이 불쑥 말했다.

'무슨 뜻이지?'

제대로 말뜻을 이해하지 못한 박건이 영문을 모르겠단 표정을 짓고 있자, 이용운이 덧붙였다.

"채선경 아나운서를 오랜만에 만나는 것 아니냐?"

'아!'

그제야 박건이 상황을 파악했다.

이용운의 말처럼 박건은 무척 오래간만에 채선경 아나운서를 다시 만난다.

물론 직접 만나는 것은 아니었다.

'투데이 메이저리그' 진행을 맡고 있는 채선경 아나운서와 인터뷰 형식의 전화 통화를 하는 것이었다.

'떨리네.'

한국시리즈 경기에 나설 때 못지않게 떨렸다.

그래서 박건이 긴장을 풀기 위해서 크게 숨을 내쉬다가 고개를 갸웃했다.

아까 이용운이 '재회 선물'이란 표현을 썼던 것이 떠올라서였다.

'무슨 뜻이지?'

잠시 고민하던 박건이 결국 답을 찾는 것을 포기하고 입을 뗐다.

"제가 오래간만에 채선경 아나운서를 만나는 것은 맞지만, 따로 선물을 준비하지는 못했습니다."

"그래서 후배가 모솔인 것이다."

'그 얘기가 또 여기서 왜 나와?'

모솔이란 사실은 박건에게 일종의 콤플렉스였다. 그래서 박건이 못마땅한 기색을 드러낸 순간, 이용운이 다시 말했다.

"여자는 선물에 약한 편이다. 오래간만에 다시 채선경 아나운서를 만나는데 선물 하나 준비하는 센스 정도는 발휘해야지 모솔 신세에서 탈출할 수 있는 법이다."

"그럴 경황이 없었다는 것, 선배님도 알고 계시지 않습니까?"

계속 경기를 치르느라 박건의 일정을 빠듯했다. 그래서 바쁜 일정을 변명으로 내세웠지만, 아쉽게도 그 변명은 먹혀들지 않았다.

"시간의 문제가 아니라 성의의 문제지."

이용운이 지적했다.

'쩝.'

정곡을 찌르는 아픈 지적을 들은 박건의 말문이 막혔을 때, 이용운이 다시 입을 뗐다.

"그래서 내가 대신 준비했다."

"선배님이 선물을 준비하셨다고요?"

"그래."

"언제 준비하셨습니까?"

"아까 선물을 준비해 줬잖아."

"네? 언제……?"

"마이애미 말린스의 미래 말이다."

'그게… 선물이야?'

박건이 내심 기대했던 선물과는 많이 다른 선물이었다.

해서 박건이 실망한 기색을 드러내자, 이용운이 덧붙였다.

"가장 가치 있는 선물은 상대가 필요로 하는 것이다."

"그래서요?"

"지금 채선경 아나운서가 가장 바라는 것이 뭘까?"

"잘… 모르겠습니다."

박건이 자신 없는 목소리로 대답했다.

일단 채선경 아나운서와 마지막으로 만난 지 너무 오랜 시간이 흘러 있었고, 박건은 여자의 마음을 읽는 데 젬병이나 다름없었다.

그러니 채선경 아나운서가 지금 가장 바라는 것이 무엇인지 알아내기 어려웠다.

"그 질문에 대한 답을 찾을 수 있는 방법은 채선경 아나운서가 갖고 있는 가장 큰 고민이 무엇인가 알아내는 것이다."

"……?"

"얼마 전에 채선경 아나운서는 '너와 나, 우리의 야구'의 진행자 자리에서 물러나려고 했을 거다."

금시초문이었기에 박건이 깜짝 놀라며 물었다.

"왜요?"

"시청률이 하락했거든. 그에 대한 책임감을 느끼고 '너와 나, 우리의 야구' 진행을 그만두는 것은 물론이고 스포츠 아나운서라는 직업에 대해서도 회의감을 갖고 있었겠지. 내가 그동안 지켜봤던 채선경 아나운서는 그런 사람이니까. 그런 채선경 아나운서를 도왔던 것이 후배다."

"저… 요?"

"그래. 후배."

"제가 언제 채선경 아나운서를 도왔다는 겁니까?"

"배동국 CP에게 채선경 아나운서가 진행하는 프로그램에서만 단독 인터뷰를 하겠다고 선언했었잖아."

"그건……."

"덕분에 채선경 아나운서가 '투데이 메이저리그'의 진행자로 발탁됐으니, 후배가 도운 게 맞지."

'결과적으로는 내가 도운 셈이 됐네.'

그때 배동국에게 채선경 아나운서가 진행하는 프로그램에서만 단독 인터뷰를 진행하겠다는 조건을 내걸었던 것은 사실이었다.

하지만 당시에는 이런 속사정까지는 몰랐다.

'기왕 단독 인터뷰를 한다면 채선경 아나운서와 하자.'

속된 말로 뽕도 따고 님도 보자는 심정으로 그런 조건을 내걸었던 것이었는데.

박건이 전혀 예상치 못한 방향으로 상황이 전개된 셈이었다.

"그런 채선경 아나운서가 지금 가장 바라는 것이 무엇인지 아직도 모르겠어?"

그때 이용운이 다시 질문했다.

"알 것 같습니다."

박건이 잠시 고민한 후 대답했다.

"'투데이 메이저리그'의 성공일 것 같습니다."

새롭게 론칭된 '투데이 메이저리그'를 성공시키는 것이 지금 채선경 아나운서가 가장 바라는 것일 거란 생각이 들었다.

그런 박건의 예상은 적중했다.

"맞다. 그리고 '투데이 메이저리그'가 성공하려면 이슈가 만들어져야 한다. 아까 내가 알려줬던 마이애미 말린스의 미래와 향후 행보 정도면 이슈가 되기에 충분하다고 생각하지 않느냐?"

'괜찮은 재회 선물, 아니, 최고의 재회 선물이구나.'

이용운과 대화를 나눈 후, 박건의 생각이 바뀌었다. 그러나 박건의 입가에 떠올랐던 미소는 금세 사라졌다.

불현듯 떠오른 생각 때문이었다.

"…말해도 될까요?"

"응?"

"조 매팅리 감독님은 기만 전략을 구사하고 있다고 말씀하지 않으셨습니까? 아직 트레이드가 성사된 것도 아닌데 그 기만 전략에 대해서 방송에서 발설하면 안 되는 것 아닙니까?"

박건이 우려를 표한 순간, 이용운이 코웃음을 쳤다.

"걱정도 팔자다."

"네? 하지만 방송의 파급력이 얼마나 큰지는 선배님이 더 잘 알고 계시지 않습니까?"

"아까 내가 조 매팅리 감독이 누구를 상대로 기만 전략을 사용한다고 했었지?"

"메이저리그 구단 단장들이라고 말씀하셨습니다."

"그래. 그런데 뭐가 걱정이냐?"

"……?"

"메이저리그 구단 단장들이 '투데이 메이저리그'를 보겠냐?"

*   *   *

"…오랜만이네요."

쑥스러움이 묻어나는 박건의 목소리를 들은 채선경의 입가로 미소가 번졌다.

세계 최고의 무대인 메이저리그에서도 강한 존재감을 발산하고 있는 스타플레이어 박건은 그라운드에서 항상 당당했다.

자신감 넘치는 모습으로 경기에 임했는데.

지금 자신과 통화하는 박건의 목소리에는 쑥스러움이 묻어났다.

그래서일까..

지금 자신과 통화하는 박건은 마치 다른 사람처럼 느껴질 정도였다.

'이게 박건 선수, 아니, 박건이란 사람의 매력이지.'

채선경이 웃으며 입을 뗐다

"영광입니다."

"네?"

"메이저리거 박건 선수가 저희 프로그램과 인터뷰를 수락해 주셨으니까 저희 입장에서는 영광인 셈이죠."

"제가 그렇게까지 대단한 사람은 아닙니다."

"아니요. 박건 선수는 대단합니다."

"그렇게 말씀해 주셔서 감사합니다."

"그리고 결국 약속을 지키셨네요."

"약속… 이요?"

"작년에 제가 진행했던 프로그램인 '너와 나, 우리의 야구'에 출연하셔서 메이저리그에 진출하겠다고 하셨던 약속을 지키셨으니까요."

"아직 약속을 다 지키지 못했습니다."

"네?"

"월드시리즈 우승을 하고 돌아가겠다는 약속도 했었거든요."

"아, 그 기사는 저도 봤습니다. 월드시리즈 우승을 차지하지 못하면 KBO 리그로 복귀하지 않겠다. 이렇게 선언하셨죠?"

"…채선경 아나운서도 기억하고 계시네요?"

"갑자기 목소리가 왜……?"

"기억하지 못하길 바랐거든요."

"네?"

"입이 방정이었습니다."

"……?"

"막상 메이저리그 무대를 직접 경험해 보고 나니, 당시에 너무 경솔하게 인터뷰를 했단 생각이 들었거든요."

박건이 한숨을 내쉬며 말했다.

비로소 박건이 후회하는 이유를 알아챈 채선경이 말했다.

"그럼 지금이라도 정정하시겠습니까?"

"마음 같아서는 그러고 싶지만⋯ 정정하지 않겠습니다."

"정정하지 않으시는 이유는요?"

"제 자존심이 허락하지 않거든요."

"그럼 월드시리즈를 우승하기 전에는 KBO 리그 복귀는 없다는 주장을 고수하시겠다는 의미인가요?"

"맞습니다. 기왕 칼을 빼 들었으면 무라도 베고 돌아와야죠."

'여전하네.'

박건과 인터뷰를 하던 채선경이 두 눈을 빛냈다.

이전 박건과의 만남에서 가장 인상 깊었던 부분은⋯ 자신감이었다.

모든 사람들이 어렵다, 불가능하다고 말했지만, 박건은 자신이 메이저리그에 진출할 것을 확신했다.

그리고 결과적으로는 박건이 옳았다.

오늘도 마찬가지였다.

월드시리즈 우승 반지를 끼는 것.

무척 어려운 일이었다.

수많은 메이저리거들 중에서도 우승 반지를 낀 선수는 극소수에 불과하다는 것이 얼마나 어려운 일인가를 증명해 주고 있었다.

그럼에도 불구하고 박건은 그 어려운 일을 해내겠다고 자신 있게 말하고 있었다.

"박건 선수는 몇 년 안에 꼭 월드시리즈 우승 반지를 손에 낄 것 같다는 느낌이 듭니다. 저도 응원하겠습니다."

채선경이 화제를 전환하기 위해서 대화를 정리하려 했을 때였다.

"올 시즌입니다."

박건이 불쑥 말했다.

"올 시즌이라니… 무슨 말씀이시죠?"

"올 시즌에 월드시리즈 우승 반지를 낄 생각입니다."

박건이 깜짝 발언을 했다.

말 그대로 폭탄선언.

'말도 안 돼.'

그 폭탄선언을 들은 순간, 채선경이 가장 먼저 떠올린 생각이었다.

매사에 자신감이 넘치는 박건의 모습이 좋았다.

그러나 이번 발언만큼은 예외였다.

자신감이 넘치는 것이 아니라 무모하게 느껴졌다. 그리고 무모하게 느껴지는 이유는 마이애미 말린스의 현재 상태 때문이다.

마이애미 말린스는 현재 내셔널리그 동부 지구 최하위를 달리고 있었다.

게다가 박건을 포함한 네 선수를 트레이드로 영입한 효과도 거의 끝나 있었다.

승리와 패배를 반복하는 갈지자 행보를 보이는 것이 선수 영입 효과가 끝났다는 증거.

'탈꼴찌.'

채선경이 내심 판단하고 있는 마이애미 말린스의 현실적인 목표였다.

그러나 박건은 탈꼴찌가 아니라 월드시리즈 우승을 노리고 있다는 폭탄 발언을 했다.

"그건… 좀 어렵지 않을까요?"

해서 채선경이 조심스럽게 반박한 순간, 박건이 수긍했다.

"현재로서는 어렵죠."

"그런데 왜……?"

"하지만 마이애미 말린스는 머잖아 월드시리즈 우승을 노릴 수 있는 강팀으로 변모할 겁니다."

'어떻게?'

채선경의 머릿속이 헝클어졌을 때, 박건이 웃으며 말했다.

"사실은 제가 선물을 준비했습니다."

"방금 선물을 준비하셨다고 했나요?"

"네, 채선경 아나운서가 '투데이 메이저리그'의 진행을 맡게 된 것을 축하해 드리기 위해서 팬으로서 작은 선물을 준비했습니다."

'고마운 사람.'

채선경이 울컥하는 감정을 느꼈다.

'투데이 메이저리그'의 진행을 맡을 수 있었던 것도 결과적으로는 박건 덕분이었다.

그런데 박건은 따로 선물까지 준비했다고 말했다.

"벌써 기대가 되는데요. 어떤 선물인가요?"

"마이애미 말린스의 향후 행보에 대한 힌트를 드리겠습니다. 곧 대형 트레이드가 있을 겁니다."

"마이애미 말린스와 타 구단 간에 대형 트레이드가 벌어질 것이란 거죠?"

"네, 맞습니다. 마이애미 말린스의 주축 선수들까지 포함되는 큰 규모의 트레이드가 일어날 겁니다. 그 트레이드를 통해서 마이애미 말린스가 약점을 메울 수 있다면 지금보다 더 좋은 팀으로 바뀌게 될 겁니다. 그리고 이게 제가 아까 올 시즌에 월드시리즈 우승 반지를 낄 거라는 포부를 밝혔던 이유입니다."

*   *   *

'투데이 메이저리그'의 진행자인 채선경 아나운서와 전화 인터뷰 도중에 박건이 했던 멘트는 큰 화제가 됐다.

덕분에 '투데이 메이저리그'는 한때 실시간검색어 순위 1위에 올랐고, 시청률도 크게 상승했다. 그리고 기자들이 이렇게 좋은 기삿거리를 내버려 둘 리가 없었다.

〈월드시리즈 우승 반지를 올 시즌에 끼겠다고 폭탄선언 한 박건. 과연 그의 바람은 이뤄질 수 있을까?〉

자극적인 제목의 기사들이 쏟아졌다.

그 기사들 중 하나의 내용을 대충 훑어본 송이현이 스크롤을 아래로 내렸다.

기사 하단에 달려 있는 댓글들을 확인하기 위해서였다.

─이 정도면 허언증 환자 수준 아님?

─얼마 전까지만 해도 퇴출 1순위였던 주제에 입만 살았음.

─메이저리그가 만만하냐?

─입방정.

─kbo 리그 복귀 무산을 축하드립니다.

예상대로 댓글들은 대부분 부정적이었다.

─박건 선수를 묵묵히 응원합니다.

─메이저리그에 진출했고 결국 살아남았음. 자기가 한 말은 지키는 게 박건이다. 진짜 올 시즌에 마이애미 말린스가 월드시리즈 우승을 차지할지도 모른다.

간혹 호의적인 댓글들도 있긴 했지만, 극소수에 불과했다.

"가능할까요?"

댓글들을 살핀 후, 송이현이 물었다.

"쉽지는 않습니다. 그렇지만 불가능한 것도 아닙니다."

그 질문을 받은 제임스 윤이 대답했다.

"확률은요?"

"10% 미만입니다."

"어렵다는 뜻이네요."

송이현이 쓴웃음을 머금었을 때, 제임스 윤이 말했다.

"한국 기자들은 여전히 이해가 안 가네요."

"왜 이해가 안 간다는 거죠?"

"진짜 중요한 건 기사로 내지 않으니까요."

"진짜 중요한 게 뭔데요?"

"트레이드 예고."

"……?"

"그게 어제 박건 선수가 했던 인터뷰의 핵심이었는데 정작 그 핵심은 기사로 내지 않았습니다."

제임스 윤이 기자들에게 불만을 품을 이유를 알아챈 송이현이 웃으며 말했다.

"돈이 안 되니까요. 트레이드에 대한 기사를 내봐야 조회수가 안 나온다는 걸 알고 있기 때문에 자극적인 기사를 내보내는 거죠. 그리고 하나 더 이유가 있어요."

"어떤 이유입니까?"

"잘 몰라요."

"뭘 모른단 겁니까?"

"메이저리그에서 어떤 식으로 트레이드가 진행될지 정확히 예측할 수 있을 정도로 실력 있는 기자가 없단 뜻이에요."

"그럴 수도 있겠네요."

수긍하던 제임스 윤이 다시 입을 뗐다.

"박건 선수의 인터뷰를 듣던 도중에 문득 그런 생각이 들었습니다."

"어떤 생각이요?"

"제게 보내는 메시지 같다는 생각이요."

"……?"

"마이애미 말린스가 대형 트레이드를 준비 중이다. 이 트레이드가 성사되기 위해서는 당신의 도움이 필요하다. 이런 의미가 담긴 인터뷰 같았습니다."

"착각… 아닐까요?"

"착각이 아닙니다."

"왜 그렇게 확신하는 거죠?"

제임스 윤이 대답했다.

"'더 독해져서 돌아온 독한 야구'를 봤거든요."

제10장

　"너튜브 개인 방송 '더 독해져서 돌아온 독한 야구'는 선수, 감독, 심지어 팬들까지 모두 독하게 까는 해설 방송입니다. 심장이 약한 분들과 임산부, 그리고 노약자는 가능한 시청을 금해주시기 바라며, 한층 더 독해져서 돌아온 만큼 일반인들 중에서도 마음의 평온을 유지하는 데 어려움을 겪고 있는 분들은 시청하지 않으시는 편이 좋은 것 같습니다. 그럼 '더 독해져서 돌아온 독한 야구' 네 번째 방송을 시작하겠습니다. 오늘 방송의 첫 번째 키워드는… 청우 로열스입니다."

　오프닝 멘트를 듣던 송이현이 두 눈을 크게 떴다.

　청우 로열스가 언급될 거라고는 예상치 못했기 때문이었다.

'약속을 지켰네.'

잠시 후 송이현의 입가로 희미한 미소가 번졌다.

"앞으로도 '더 독해져서 돌아온 독한 야구'를 계속 시청해 주십시오. 청우 로열스 때문입니다. '더 독해져서 돌아온 독한 야구' 진행자는 의리가 있더군요. 옛정을 생각해서 앞으로도 방송 중에 청우 로열스의 문제점과 해결책을 꾸준히 언급할 거라고 저와 약속했습니다. 그래서 계속 시청해 달라고 말씀드렸던 겁니다."

마이애미 말린스 이적이 확정된 후 공항에 배웅을 나왔던 박건이 건넸던 말이었다. 그리고 '더 독해져서 돌아온 독한 야구' 진행자는 약속대로 청우 로열스에 대한 이야기를 꺼내려 하고 있었다.

'어떤 이야기를 할까?'

송이현이 기대와 우려가 반반씩 섞인 표정을 지었다.

정규시즌이 후반기로 접어드는 시점인 현재 청우 로열스의 순위는 리그 8위였다.

산술적으로는 가을야구 진출이 가능한 상황이었지만, 현실적으로는 가을야구 진출이 어려워진 상황. 게다가 제임스 윤과 머리를 맞대고 상의를 거듭했지만, 청우 로열스가 반등할 방법은 찾지 못한 상태였다.

해서 '더 독해져서 돌아온 독한 야구'의 진행자가 어떤 해법을 제시할지에 대한 기대가 생겼다. 그와 동시에 과연 해법을 제시할 수 있을까 하는 우려도 들었을 때였다.

"청우 로열스는 현실을 직시해야 합니다. 지금 청우 로열스는 가을야구 진출에 미련을 갖지 말고 리빌딩을 시작해야 합니다."

'리빌딩이라.'

송이현이 씁쓸한 표정을 지었다.

가을야구 진출에 대한 미련을 버리고 리빌딩에 나서야 한다는 사실.

머리로는 알고 있었지만, 가슴으로 받아들이기 어려웠다.

그래서 계속 결단을 미루고 있었는데. 이제는 더 미루지 않고 결단을 내려야 할 때가 됐단 생각이 들었다.

'어떤 방식으로 리빌딩을 진행해야 할까?'

잠시 후, 송이현이 새로운 문제에 직면했을 때였다.

"리빌딩의 시작은 외국인 선수들을 팀에서 내보내는 겁니다."

'외국인 선수를 모두 내보내라고?'

아직 정규시즌이 한창 진행 중인 시점이었다.

그런데 청우 로열스 전력에서 큰 비중을 차지하고 있는 외국인 선수들을 모두 방출하는 것.

올 시즌을 포기한다고 선언하는 셈이나 마찬가지였다.

전혀 예상치 못했던 파격적 제안으로 인해 송이현이 당황했을 때였다.

"리빌딩은 과감하게 진행해야 합니다. 외국인 선수들을 빨리 내보내고 팀 내 유망주들에게 경기에 출전할 기회를 제공하면서 실전 경험을 쌓게 만들어야만 유망주들을 빠르게 성장시킬 수 있습니다. 이것이 제가 외국인 선수들을 이른 시점에 내보내라고 제안한 이유입니다. 그리고 또 한 가지 이유는 자금 확보입니다. 지금의 청우 로열스에 가장 필요한 것은 박건 선수를 대신해서 팀의 구심점 역할을 해줄 선수인데, 그런 선수를 영입하기 위해서는 자금이 필요하니까요."

'옳은 이야기.'

송이현이 부지불식간에 고개를 끄덕여 동의했다.

청우 로열스의 구심점 역할을 해줬던 박건이 메이저리그로 진출하며 팀을 떠난 후, 바로 대체자를 물색했다.

그러나 거액을 들여 FA로 영입했던 선수인 양지훈은 박건의 대체자가 되지 못했다. 그리고 이 문제는 여전히 해결이 되지 않은 상태로 남아 있었다.

'과연 박건의 대체자를 구할 수 있을까?'

이런 회의감만 짙어진 상태였다.

그런 송이현의 속내를 읽은 것처럼 '더 독해져서 돌아온 독한 야구' 진행자의 멘트가 이어졌다.

"하지만 박건 선수의 대체자를 찾는 것은 결코 쉬운 일이 아닙니다. 박건 선수의 존재감이 워낙 강렬했으니까요. 그래서 제가 찾아낸 답은… 짐을 나눠서 지는 것입니다. 현재 청우 로열스에서 뛰고 있는 외국인 선수들에 비해 더 좋은 외국인 선수들을 내년 시즌에 영입하고, FA 시장에서 수준급 선수를 한 명 더 영입해서 팀의 구심점 역할을 나눠서 맡게 만드는 겁니다. 이것을 위해서 자금력이 필요합니다. 그리고 이것이 현재 청우 로열스에서 뛰고 있는 외국인 선수를 최대한 빨리 방출하라는 제안을 한 이유입니다."

송이현이 혀를 내둘렀다.

"현실적인 대안."

'더 독해져서 돌아온 독한 야구' 진행자가 제시한 해법이 가장 현실적인 대안이란 생각이 들어서였다. 이 현실적인 대안을 마련하는 데 있어서 가장 중요한 것은 자금 확보.

그 자금 확보를 위해서는 현재 청우 로열스에서 활약하고 있는 외국인 선수들을 최대한 빨리 방출시키는 것이 필요했다.

"혹시 이런 상황을 예측했던 건가요?"

송이현이 제임스 윤에게 고개를 돌렸다.

"무슨 뜻입니까?"

"올 시즌에 청우 로열스가 가을야구에 진출하는 것은 어렵다. 차라리 리빌딩을 진행하는 편이 맞다. 그리고 리빌딩을 제대로 진행해서 내년 시즌을 대비하기 위해서는 자금을 확보해야 한다. 그것을 위해서 외국인 선수들과 계약을 맺을 때, 청우 로열스에서 뛴 기간만큼 연봉을 지급하는 식으로 계약하라는 조언을 했던 것이 맞냐는 뜻이에요."

"맞습니다."

설마 했는데, 그 설마가 맞았다.

제임스 윤이 이런 상황을 이미 예측하고 대비했다는 사실을 뒤늦게 알게 된 송이현이 새삼스러운 시선을 던졌다.

'난… 정말 뛰어난 인재와 함께 일하고 있구나.'

제임스 윤을 청우 로열스로 영입한 것이 신의 한 수였다는 생각을 재차 하던 송이현이 조심스럽게 물었다.

"아니죠?"

"갑자기 무슨 말씀이십니까?"

"제임스는 박건 선수처럼 제 곁을 떠나지 않을 거죠?"

"글쎄요."

절대 떠나지 않겠다는 대답이 돌아오길 원했는데.

제임스 윤에게서 돌아온 대답은 송이현의 기대와 달랐다.

"그 말은… 내 곁을 떠날 수도 있다는 건가요?"

"사람 일은 모르니까요."

"앞으로 더 잘하란 뜻이죠? 연봉을 더 올려줄까요?"

"연봉은 지금도 많이 받고 있습니다."

"그럼 다른 원하는 게 있나요?"

"하나 있습니다."

"뭐죠?"

"치맥."

"……?"

"캡틴과 치맥을 자주 하고 싶습니다."

잔뜩 긴장해서 굳어져 있던 송이현이 뺨이 풀렸다. 제임스 윤과 함께 치맥을 자주 하는 것쯤은 어렵지 않았기 때문이었다.

"그 정도야 들어줄 수 있죠."

그래서 흔쾌히 대답하던 송이현이 고개를 갸웃했다.

아까 제임스 윤이 했던 말이 퍼뜩 떠올랐기 때문이었다.

"제임스."

"혹시 그새 마음이 바뀌신 겁니까?"

"그건 아니에요."

"그럼 왜 그러십니까?"

"아까 박건 선수의 인터뷰와 '더 독해져서 돌아온 독한 야구' 방송을 보고 난 후에 트레이드에 대한 도움을 청하는 메시지처럼 느꼈다고 말했었잖아요?"

"그렇게 말했습니다."

"대체 어느 부분에서 그렇게 느꼈단 거죠?"

송이현도 '투데이 메이저리그'라는 프로그램에 출연한 박건이 전화 인터뷰를 한 내용을 들었었다.

또, 방금 '더 독해져서 돌아온 독한 야구'도 시청했다. 그러나 메시지를 받긴커녕 아무것도 느끼지 못했기 의문을 품은 것이었다. 하지만 제임스 윤은 자신의 주장을 꺾지 않았다.

"청우 로열스에서 뛰고 있는 외국인 선수들의 계약을 해지하라는 부분이었습니다."

"그거야……"

"앤서니 쉴즈입니다."

"……?"

"마이애미 말린스는 두 시즌 동안 청우 로열스에서 뛴 앤서니 쉴즈를 영입하고 싶다는 의사를 밝힌 겁니다."

제임스 윤이 담담한 목소리로 설명을 더했다.

그렇지만 송이현은 그 말을 순순히 믿기 어려웠다.

"이안 카스트로가 있잖아요."

마이애미 말린스에는 이미 이안 카스트로라는 주전 1루수가 있었기 때문이었다. 이안 카스트로는 마이애미 말린스에서 메이저리그에 데뷔해 10년 가까이 활약하고 있는 프랜차이즈 스타.

그러니 앤서니 쉴즈를 영입할 필요가 없다고 판단했던 송이현이 표정을 굳혔다.

"혹시… 이안 카스트로도 이번 트레이드에 포함되는 건가요?"

그 질문을 받은 제임스 윤이 대답했다.

"제가 착각한 게 아니라면… 그럴 가능성이 높습니다."

『내 귀에 해설이 들려』 13권에 계속…